Karin Baron
Hamburg drunter und drüber

KARIN BARON

Illustrationen von Mona Harry

Hamburg

Drunter und drüber
Fantastische Geschichten

KJM Buchverlag

2. Auflage Juli 2020
Copyright © 2020 Klaas Jarchow Media Buchverlag GmbH & Co. KG
Simrockstr. 9a, 22587 Hamburg
www.kjm-buchverlag.de
ISBN 978-3-96194-099-8

Satz, Gestaltung und Karte: Svenja Wiese, Hamburg
Cover und Umschlag: Rothfos & Gabler, Hamburg
unter Verwendung von Zeichnungen von Mona Harry
Lektorat: Norbert Klugmann, Hamburg
Korrektorat: Rainer Kolbe, Hamburg
Herstellung: Eberhard Delius, Berlin
Druck & Bindung: Beltz Grafische Betriebe, Bad Langensalza
Alle Rechte vorbehalten

Mehr zu den Büchern des KJM Buchverlags:
www.kjm-buchverlag.de

Inhalt

Der Kleinste von allen

Es gibt viele Türme in Hamburg. Kirchtürme, Leuchttürme, Rathaustürme, Wassertürme, einen Fernsehturm und einen Pegelturm, der den Wasserstand der Elbe misst. Aber was kaum einer weiß: Jeder von ihnen will der höchste, der schönste oder der berühmteste sein. Den lieben langen Tag streiten sie miteinander. Wenn man ein Ohr an ihre Mauern legt, kann man es hören.

»Ich bin auf alle Fälle am höchsten«, brüstete sich einmal der Kirchturm der Nikolaikirche. »Ich war sogar mal der höchste Kirchturm der Welt.«

»Dafür ist dein Kirchenschiff im Eimer«, gab der Turm der Katharinenkirche von nebenan schnippisch zurück. »Total im Eimer!«

Das war gemein, denn kaputtgegangen war das Kirchengebäude im letzten Krieg, dafür konnte Sankt Nikolai also gar nichts.

»Ich bin der beliebteste«, sagte der Michel mit seinem runden Hut, »sogar einen Kosenamen hat man mir gegeben.« Eigentlich heißt er nämlich Sankt Michaelis. »Und überhaupt, ich bin *das* Wahrzeichen der Stadt Hamburg und hab' einen Fahrstuhl bis fast ganz nach oben.«

»Neben der neuen Elphi siehst du aber ganz schön alt aus«, stänkerte Sankt Nikolai. »Und dafür, dass du dich *Wahrzeichen* nennst, lügst du, dass sich meine Balken biegen. Oder wer hat neulich behauptet, dass er schon immer hier steht? Zweimal mussten sie dich wieder aufbauen, weil du ständig abgebrannt bist. Ganz ohne Krieg ... Einen Fahrstuhl hab' ich übrigens auch.«

»Phh. Fahrstuhl! Wenn ich jahrelang so ein hässliches Gerüst um mich herum gehabt hätte wie du, wär' ich ja mal ganz still«, ätzte der Katharinenturm. »Dich hat man ewig nicht gesehen, egal wie hoch du bist. Außerdem, was ist schon so ein blöder Aufzug gegen meine goldene Turmspitze aus dem Schatz von Störtebeker. Klaus Störtebeker! Kennst du ja wohl: der berühmteste Pirat der Stadt.«

»Meine Lieben, jetzt haltet mal bitte schön alle die Luft an«, mischte sich da der Rathausturm ein. »Ich hab' den besten Blick über die Binnen- und die Außenalster und bei mir wohnt außerdem der Hamburger Bürgermeister. Das ist der wichtigste Mann hier überhaupt.«

Empört blickten sich die Türme von Sankt Petri und Sankt Jacobi an. »Moooment, du Wichtigtuer!« Sankt Jacobi zitterte vor Ärger. »Wir stehen ganz in deiner Nähe und gucken genauso über die Alster wie du. Und bei uns wohnt immerhin der liebe Gott! Gegen den kannst du deinen ollen Bürgermeister einpacken.«

Beleidigt knallte der Rathausturm seine Türen zu und schwieg.

Tagsüber reißen sich die Hamburger Türme zusammen und halten einigermaßen still, schon wegen der vielen Touristen. Doch nachts geraten sie außer Rand und Band. Sie pieken einander mit ihren Spitzen. Sie schlagen sich gegenseitig ihre Glocken um die Ohren und bewerfen sich mit den Zeigern der Turmuhren.

Einmal schleuderte der Fernsehturm, den sowieso keiner ernst nimmt, dem Michel seine Aussichtsplattform wie eine Frisbee-Scheibe an den Hals, so dass der tagelang einen dicken Schal tragen musste.

»Pass bloß auf, dass sie dich nicht abreißen, du alberner Tele-Michel«, gifteten alle anderen Türme zusammen.

»Geht nicht«, gab der frech zurück. »Ich steh unter Denkmalschutz.«

Nur einer kann den Streit der steinernen Riesen überhaupt nicht verstehen. Das ist Herbert, der kleinste Leuchtturm Hamburgs. Herbert steht an der Spitze der Elbinsel Wilhelmsburg, wo sich der Fluss in Norderelbe und Süderelbe teilt, und regelt dort den Schiffsverkehr. Herbert ist es schnurzpiepegal, ob er als der schönste oder der berühmteste Turm gilt und ob der Bürgermeister oder sonst wer Wichtiges in ihm wohnt.

Herbert ist nicht einmal rotweiß geringelt wie die meisten anderen Leuchttürme der Stadt, sondern grün und aus Holz. Er braucht keinen Goldschatz auf seinem Kopf und einen Aufzug erst recht nicht. Er braucht nur eine Außentreppe, damit man regelmäßig die Scheiben seines Leuchtfeuers putzen kann und die Leute bei ihm hereinschauen. Und das tun sie. Sie klettern hoch zu ihm, picknicken zu seinen Füßen im Gras und freuen sich, dass sie die Elbe doppelt sehen können.

Herbert hat das Zeug zum heimlichen Lieblingsturm der Hamburger. Wenn sie ihn erst einmal entdeckt haben.

Aber auch das ist Herbert schnurzpiepegal.

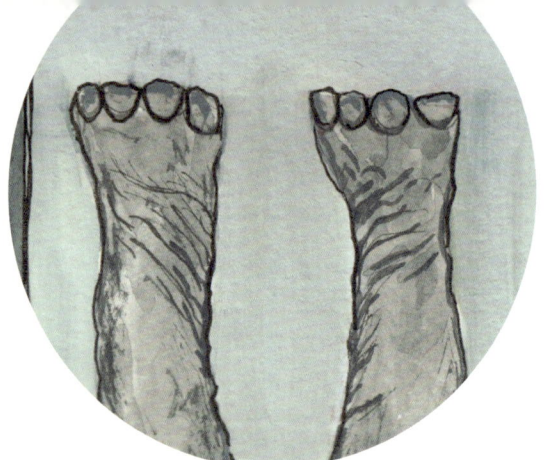

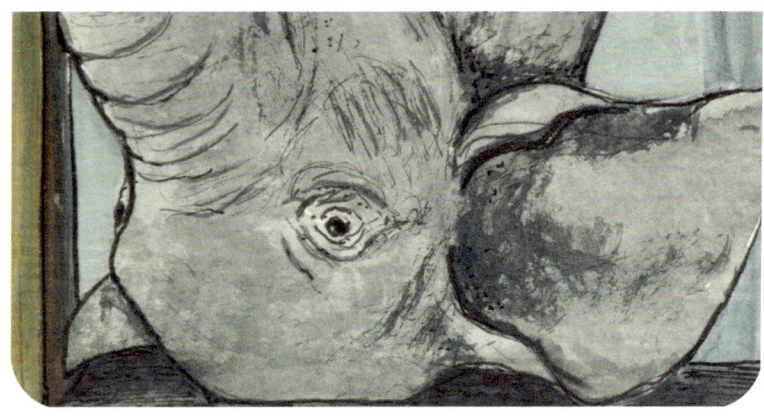

Elefantenkarussell

»Du-hu«, sagte der Elefant rechts von der Eingangstür. Mit seinem Rüssel schlug er nach einem Taubenschiss, der auf seinem rechten Stoßzahn nichts zu suchen hatte.

»Was'n jetzt schon wieder?« Sein Kollege links von der Eingangstür blinzelte schläfrig in die Sonne, die sich durch den Morgennebel kämpfte.

»Mir ist langweilig«, sagte der rechte Elefant.

»Ach, ganz was Neues!« Togo schlackerte mit dem Ohr. Er kannte das schon. »Na, Mibia, und was gedenkst du dagegen zu tun?«

»Keine Ahnung.« Genervt verdrehte Mibia die Augen. An manchen Tagen hatte er den Rüssel gründlich voll davon, reglos auf seinem Podest zu stehen und mit steinerner Miene den Eingang zum Afrikahaus zu bewachen.

Seit hundertzwanzig Jahren standen er und Togo schon so da: wie mitten in einer Hauswand stecken geblieben, mitten in Hamburg und dabei in einer Art Hinterhof verborgen, wo wenig bis nichts passierte. Leute gingen zwischen ihnen rein ins Afrikahaus und Leute gingen zwischen ihnen raus. Manch einer tätschelte ihnen im Vorbeigehen den Fuß, die Rechtshänder den von Mibia, die Linkshänder den von Togo. Ihre grauen Steinzehen waren davon so glatt poliert, dass selbst die Fliegen darauf ausrutschten.

Außer den Fliegen und den Leuten trafen Mibia und Togo nur

Sonnenstrahlen, Regentropfen und Taubengeschiss. Ganz selten eine Biene, die sich auf der Suche nach einer Nase voll Blütenstaub in den Innenhof des alten Kontorhauses verirrt hatte. Hamburg ist berühmt für seine Kontorhäuser. In einem Kontorhaus werden wichtige Geschäfte gemacht, deshalb tragen die wichtigen Leute, die ein- und ausgehen, wichtige schwarze Aktenköfferchen mit sich herum, mit denen sie die spiralförmigen Treppenhäuser hinauf- und hinabeilen.

»Karussell fahren«, sagte Mibia plötzlich, als Togo schon dachte, Mibia sei vor Langeweile eingeschlafen. »Ich gedenke, Karussell zu fahren. Heute nach Geschäftsschluss, wenn alle weg sind.«

»Karussell fahren?« Togo riss die Augen auf. »Wo?«

»Im Paternoster natürlich«, antwortete Mibia, als sei es das Selbstverständlichste der Welt. Das war es keineswegs. Zwar gibt es in den alten Kontorhäusern wunderschöne Treppenhäuser aus einem anderen Jahrhundert, doch längst nicht jedes der Häuser besitzt einen Paternoster. Vor allem einen, der noch seine Arbeit verrichtet. Nur rund ein Dutzend dieser herrlich altmodischen Aufzüge, die von unten nach oben und von oben nach unten knarrend im Kreis fahren, sind in Hamburg noch in Betrieb. Sie bleiben niemals stehen, und wer mit ihnen hinauf oder hinunter will, muss während der Fahrt aufspringen. Genau das hatte Mibia nun vor: Karussell fahren im Paternoster.

»Vergiss es«, sagte Togo, nachdem er sich von dem Schrecken erholt hatte. »Du bist viel zu dick. Du passt da gar nicht rein. Außerdem hat unser Afrikahaus keinen Paternoster.«

»Stimmt«, gab Mibia zurück. »Aber im Laeiszhof um die Ecke

gibt es einen. Das haben mir die Fliegen geflüstert. Die sind sogar schon damit gefahren.«

»Du weißt, dass ein Paternoster nie, nie, nie anhält, oder? Auch nachts nicht«, sagte Togo. »Und selbst, wenn du in voller Fahrt aufspringst und nicht zwischen Tür und Angel stecken bleibst, kommst du falsch rum unten wieder raus.«

»Wer hat dir denn *den* Quark erzählt?« Mibia kicherte, was sich bei einem Elefanten anhört wie ein einfahrender S-Bahn-Zug.

»Auch die Fliegen. Manche von denen fliegen immer noch auf dem Rücken, bloß weil sie eine Runde im Paternoster drehen wollten.«

»Erstens glaube ich das nicht und zweitens ist es mir egal«, sagte Mibia. »Auf dem Kopf stehen oder auf dem Rücken fliegen klingt für mich immer noch besser als für immer in dieser Wand festzustecken und blöden schwarzen Aktenköfferchen beim Treppensteigen zuzusehen.«

»Ach, mach doch was du willst.« Togo schloss die Augen und hielt den Rüssel in die Sonne. »Wirst schon sehen, was du davon hast.«

Als er die Augen kurz vor Sonnenuntergang wieder aufschlug, war Mibia verschwunden. Auf der anderen Seite der Eingangstür, dort, wo Togos Kumpel über hundertzwanzig Jahre fest im Mauerwerk geklemmt hatte, klaffte ein riesiges elefantenförmiges Loch.

Togo seufzte. Dass Mibia immer mit dem Kopf durch die Wand musste! In dieser Nacht würde er wohl alleine aufpassen müssen, dass kein Unbefugter das Afrikahaus betrat. Eine lange Nacht würde das werden. Eine sehr lange Nacht. Kurz bevor es hell zu werden begann, nickte Togo ein. Er träumte von wild gewordenen Paternostern und kreischenden Karussells, die seinen Freund einquetschten und langsam zu Staub zerrieben. Als er aus seinen schwindelerregenden Träumen erwachte, war er nicht mehr allein. Mit den Füßen nach oben und den Ohren nach unten steckte Mibia neben ihm in der Mauer. Sein Rüssel baumelte rückwärts auf die Treppenstufen.

»Oha!«, sagte Togo. »Sieht nicht sehr bequem aus.« Insgeheim war er erleichtert, dass sein Freund überhaupt wieder da war.

»Isses auch nicht«, sagte Mibia, der ein bisschen dünner wirkte als sonst. Trotz seiner unbequemen Lage trug er ein glückliches Grinsen im Gesicht. »War echt cool, dieser Paternoster. Heute Abend fahr' ich noch mal, dann sitze ich morgen wieder richtig herum in der Wand. Machst du diesmal mit, Togo?«

Zu seiner eigenen Überraschung machte Togo mit. Es gefiel ihm. Und so kam es, dass seither immer mal wieder einer der Elefanten im Kopfstand das Afrikahaus bewacht.

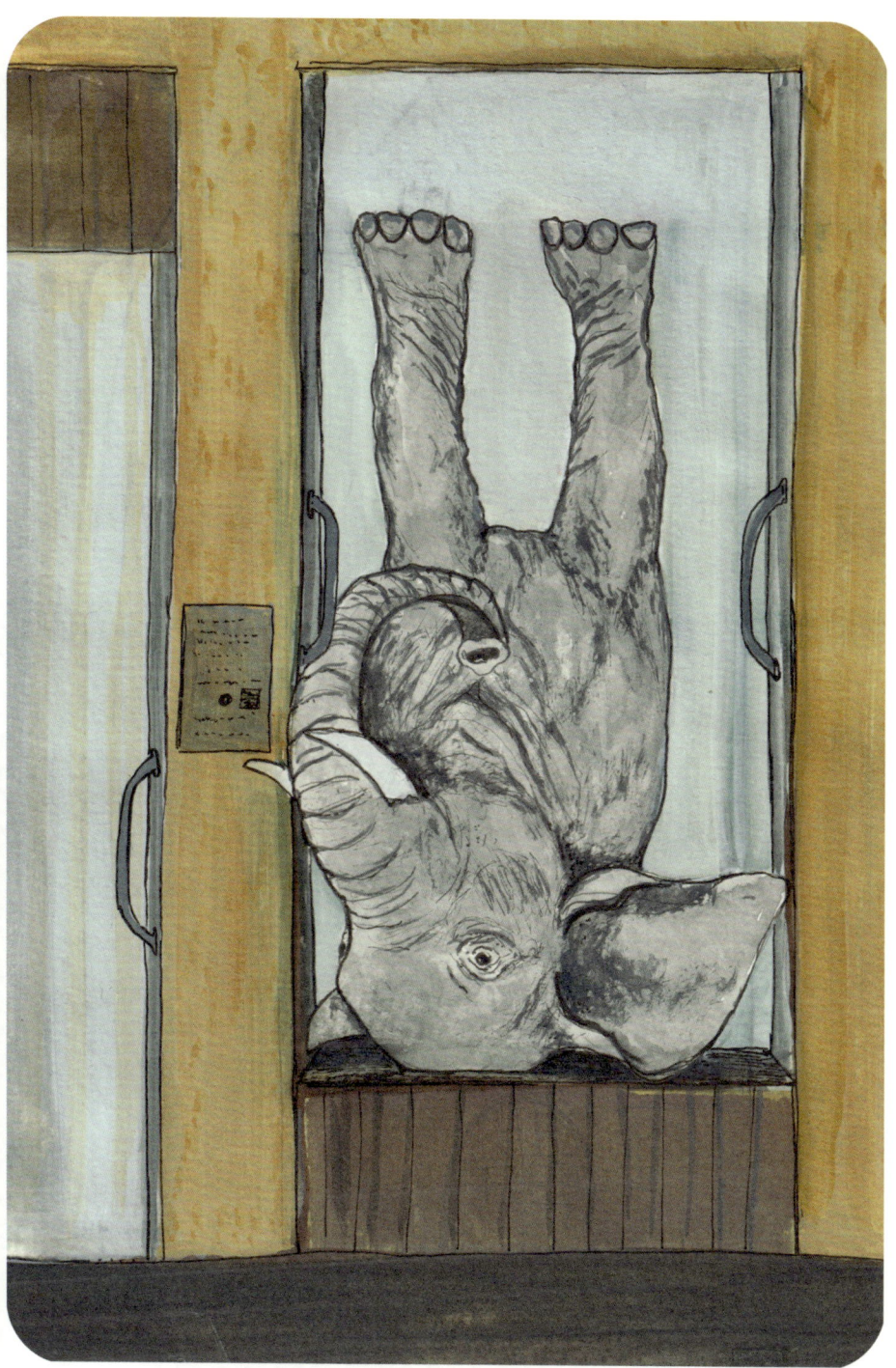

Burchard 11

Burchard 11 war neu im Hamburger Hafen. Vor ein paar Monaten war er aus China eingetroffen, zusammen mit neun Kollegen, die leuchtend blau und rot auf einem Spezialschiff die Elbe hinaufgeschippert kamen. Zusammengepfercht wie Sardinen in ihrer Büchse hatten er und die anderen Riesen aus Stahl reglos die 6000 Seemeilen von Shanghai bis Hamburg ausgeharrt. Nun waren sie an Land, oder jedenfalls fast. Zwei der vier Hamburger Terminals, an denen die Kräne fortan Dienst tun sollten, liegen schließlich mitten in der Elbe. Burchard 11 und 12 kamen an den Burchardkai, alle übrigen neuen Kräne nach Tollerort. Endlich durften die gewaltigen Kerls sich rühren, strecken und recken und im Takt des Hafens der Arbeit nachgehen, für die sie geschaffen waren: schwere Lasten heben und senken, in Schiffsbäuche ab- und wieder auftauchen und stapeln, stapeln, stapeln.

Das was sie stapelten, hatte jeweils acht Ecken und nannte sich Container. Ab und zu versenkten sie auch mal Autos in den Schiffsbäuchen oder holten welche heraus. Wobei es ihnen ein Rätsel blieb, wieso die eine Sorte Auto nach China fuhr und die andere von dort kam. Dann hätten doch gleich alle bleiben können, wo sie waren. Aber Rätsel zu lösen war nicht ihre Aufgabe. In der Regel rollten die Autos sowieso anderswo an und von Bord und benötigten keinen Kran. Das Spezialgebiet der Kräne am Burchardkai waren die Abertausende Container, die immerzu rund um die Welt bewegt werden. Die Container unterschieden sich nur durch die Farbe, ihr Gewicht und die Anzahl der Schrammen und Beulen, die sie unterwegs auf den Weltmeeren abbekommen hatten. Nie wusste man, was drin war in so einem Container.

Zu Anfang war Burchard 11 begeistert von seiner neuen Tätigkeit. Unermüdlich schwenkte er seinen roten Ausleger. Rauf und runter, rein und raus, hin und her – er hatte die Sache im Griff und beherrschte seinen neuen Job bald im Schlaf. Aber nach ein paar Wochen begann er sich zu langweilen, eine große Müdigkeit befiel ihn. Recht stumpfsinnig kam ihm nun vor, womit er den ganzen Tag und oft auch nachts, im orangefarbenen Schein der Hafenbeleuchtung, beschäftigt war. Sollte das etwa alles gewesen sein: Klötzchen raus, Klötzchen rein, tagaus und tagein? Wie könnte er bloß für etwas Abwechslung und Aufregung in seinem eintönigen Dasein sorgen?

Eines Tages, es war in den zähen Stunden vor Sonnenaufgang, hatte er eine großartige Idee. Das mit der Aufregung klappte sofort.

»Guck dir das an«, sagte Burchard 3 zu Burchard 5. »Ich glaub', der Neue tickt nicht ganz richtig. Bei dem ist wohl heute Nacht 'ne Sicherung durchgeknallt.«

»Eher mehrere«, sagte Burchard 5. Kopfschüttelnd blickten sie auf das, was Burchard 11 über Nacht vor ihnen aufgetürmt hatte.

Das Container-Sammelsurium vom Burchardkai, das sonst wie ein Haufen Bauklötze wild und kunterbunt auf- und nebeneinander saß und aussah wie frisch verpixelt, war akribisch nach

Farben sortiert. Und nicht nur das. Burchard 11 hatte die Containerklötzchen auch noch auf den Anstrich der jeweiligen Schiffe abgestimmt, mit denen sie auf Reisen gehen sollten: Die blauen Container hatte er auf ein Schiff mit blauem Rumpf gepackt, die roten auf eines mit rotem Rumpf und die grünen wuchsen auf einem schmutzig grünen Riesenkahn in den Himmel. Die gelben hatte Burchard 11 neben sich zum Turm gestapelt, weil gerade kein gelbes Schiff am Kai lag. Dafür war das schwarzrumpfige Schiff aus Panama, das Platz für 13 000 Container hatte, vollkommen leer. Leider hatte er keinen einzigen schwarzen Container finden können.

»Hey, Jungs«, winkte Burchard 11 zu ihnen hinüber und wies mit seinem roten Ausleger stolz auf sein Werk. »Hab' ein bisschen aufgeräumt. Gefällt's euch?« Seine Kran-Kollegen schwiegen eisern, bis einer sich schließlich zu einer Antwort herabließ.

»Na ja«, sagte Burchard 6. »Geht so.«

»Soll das Kunst sein, oder was?«, fragte Burchard 4.

»Eher Krawall«, sagte Burchard 2. Burchard 3 und 5 hatte es die Sprache verschlagen.

»Ich glaub', der hat einfach nur 'nen Spezial-Knall«, meinte Burchard 8. »Muss was schiefgelaufen sein in China, als sie den gebaut haben.«

Ein wenig erschöpft von seinen nächtlichen Aktivitäten hatte Burchard 11 seinen Giraffenhals auf dem gelben Containerturm abgelegt und guckte verwirrt von einem zum anderen.

»Dir ist schon klar, dass du mit der Aktion die Ladungen für die ganze Welt durcheinandergebracht hast, oder?«, fragte

Burchard 1, der am längsten von allen Kränen am Burchardkai stand.

»Na und!«, gab Burchard 11 trotzig zurück. »Ist wie Weihnachten. Da weiß man auch nie, was man kriegt.«

»Was du kriegst, kann ich dir jedenfalls schon verraten«, sagte Burchard 1: »'Ne Menge Ärger!«

Natürlich behielt er recht. Burchard 11 bekam Ärger. Und zwar so viel davon, dass er den Hafen ein halbes Jahr nach seiner Ankunft wieder verlassen musste. Für einen wie ihn hatte man hier kein Verständnis. Und Sinn für Kunst am Bau schon gar nicht. »Falsch programmiert«, hieß es. Die Chinesen hätten Murks gebaut und zu ihnen müsse Burchard 11 deshalb zurück.

Zutiefst bekümmert musste der Hamburger Kran den langen, nassen Rückweg nach China antreten. Es hatte ihm doch sooo gut gefallen im Hamburger Hafen.

Burchard 11 heißt heute Cheng-Peng 11.057 und steht vor Shanghai auf einer einsamen Insel, wo er ausgediente Container zum Verschrotten auftürmt. Selbstverständlich nach Farben geordnet. Dabei leistet ihm ein anderer Hamburger Gesellschaft, der lange als Imbissbude im Elbpark Entenwerder gedient hat: Es war der einzige Container in Schweinchenrosa, den Cheng-Peng 11.057 jemals gesehen hatte. Und weil man einen einzelnen schweinchenrosa Container nicht stapeln kann, blieb Entenwerder 1 für immer an seiner Seite.

Aufstand der Tunneltiere

Rums!

»Oh, NEIN! Meine Schere! Aua! Autsch! ... Hey, du, komm zurück ... KOMM SOFORT ZUUUURÜÜÜCK!«

Wie ein Lauffeuer ging es durch den langen Gang tief unter der Elbe. »Hast du schon gehört? Freds rechte Schere ist abgefallen. Einfach auf dem Boden zerschellt. Heute Morgen. Ist noch ganz frisch ... Fred heult und tobt.«

»Kein Wunder. Was ist schon ein Hummer mit nur einer Schere? Nichts Halbes und nichts Ganzes. Echt scheußlich! Aber weißt du schon das von Paul, dem Aal vom andern Ende? Ein großes Stück von seinem Hinterteil ist letzte Woche zerbröselt. Ist jetzt nur noch halb so lang und Paul weiß gar nicht mehr, wo er eigentlich aufhört.«

»Hilde, die Muschel vom tiefsten Tunneltiefpunkt, sagt, man kann bereits zu ihr reingucken, ohne dass sie ihre Schale aufklappen muss ... Mann, wie hab' ich das alles satt!«

»Und Willem erst, der Rattengriesgram beim alten Stiefel. Eiert seit dreizehn Jahren auf nur drei Beinen durch die Gegend.«

»Und ...«

»Und ...«

»Und ...«

Das Gemurmel und Geraune im St. Pauli-Elbtunnel, der überall nur »der Alte Elbtunnel« genannt wurde, schwoll an. Jedes der

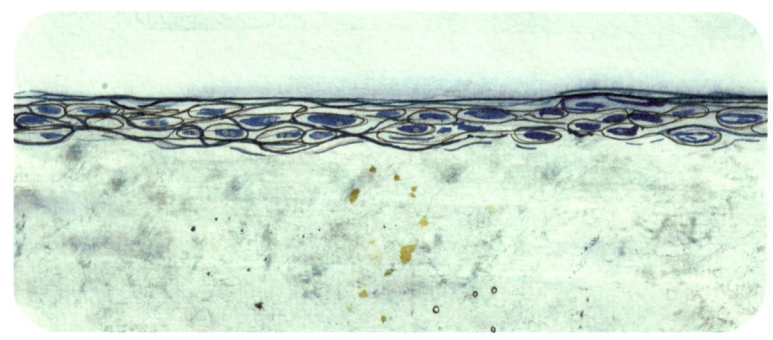

Tunneltiere hatte eine unsägliche Geschichte beizusteuern: Abgebrochene Flossen und zerstörte Schuppen schwirrten im Flüsterton durch die muffige Luft. Zerfressene Seehundaugen und Störmäuler flogen umher. Räudige Rattenpfoten geisterten über den kalten Boden. Man hätte meinen können, der Alte Elbtunnel sei ein einziges Unterwasserkrankenlager.

Immer wütender wurde das Geschimpfe und Krakeelen. Von einem Tunnelende zum anderen echote es, bis es auch das letzte der grünlich schimmernden Tiere erfasst hatte, die auf ihren Keramikfliesen alle paar Meter die Tunnelwände zierten. Gleich einem Donnergrollen unter Wasser rollte die Protestwelle durch die beiden Röhren des alten Elbtunnels. Nicht nur den Zitteraal an der Wand brachte sie zum Zittern, sondern auch alle übrigen Fliesen in dem langgestreckten Gewölbe tief unter der Elbe.

»Wir müssen uns wehren, wir müssen uns beschweren!«, schallte es durch die 100 Jahre alten Röhren. »Wir sind schließlich ein Industriedenkmal und waren eine technische Sensation: 1911, die erste Flussunterquerung Europas, 24 Meter unter der Elbe. Kaiser Wilhelm der Zweite – das ist noch mehr als ein

König – hat uns eingeweiht. Persönlich und zu Fuß. 19 Millionen Hafenarbeiter im Jahr sind an uns vorbeigezogen zur Werft nach Steinwerder und haben uns jeden Morgen zugezwinkert. Das waren Zeiten, verdammt noch mal!«

»Nicht zu vergessen unsere riesigen Aufzüge, in die komplette Pferdefuhrwerke reinfahren konnten. Und die popeligen Autos von heute sowieso.«

»WIR MÜSSEN UNS WEHREN, WIR MÜSSEN UNS BESCHWEREN! WIR MÜSSEN UNS WEHREN, WIR MÜSSEN UNS BESCHWEREN!«

Und das taten die Tunneltiere. Im Jahr 2005, an einem grauen Septembertag, verließen sie ihre bröckelnden Fliesen, fuhren in einem der großen Aufzüge hinauf zu den Landungsbrücken und zogen von dort vors Hamburger Rathaus. »Flossen for Future«, brüllten sie. »Fliesen for Future. Füße for Future.« Der Bürgermeister musste vor die Tür treten und sie beruhigen.

»Ich versteh' euch ja«, sagte der Bürgermeister, »ich würde euch auch gern heile machen, kommt aber viel zu teuer. Zwei Tunnelröhren mit zusammen 208 Tunneltieren von einem Elbufer bis zum anderen. 426 und einen halben Meter. Das macht allein für euch Zehntausende von Euro, wenn nicht mehr. Ganz zu schweigen vom Rest. Der müsste auch dringend repariert werden.«

»Aber«, sagten die Tunneltiere, »wenn Sie oder Ihr Senat ein neues Hüftgelenk brauchen, Herr Bürgermeister, oder neue Zähne, dann kostet das auch. 20 000 Mäuse die Hüfte, und Sie haben *davon* auch zwei. Zähne haben Sie sogar noch mehr. Und jetzt rechnen Sie mal nach, wie viele alte Leute in Ihrem Senat sitzen und in der Bürgerschaft. Wie viele neue Zähne die brauchen. Dabei sind die noch nicht mal hundert, so wie wir.«

Der Bürgermeister sagte nichts mehr.

»Na, sehen Sie«, sagten die Tunneltiere und schwenkten ihre Plakate. »Und Denkmal sind *Sie* auch keins.«

»Aber, aber …«, murmelte der Bürgermeister, »das zahlt doch nicht die Stadt, wenn ich neue Zähne für ein strahlendes Lächeln brauche, damit die Leute mich wählen. Das zahlt meine Krankenkasse.«

Ein sehr breites Grinsen ging durch die Reihen der Tunneltiere und Fred, der Hummer, versuchte sogar, mit seiner einzigen Schere zu klatschen. Paul trommelte mit seinem Restschwanz aufs Pflaster des Rathausmarkts, Hilde strahlte von einem Muschelwinkel zum anderen und Willem, die dreibeinige Ratte, drehte dreibeinige Pirouetten.

»Tja, *unsere* Krankenkasse ist nun mal die Stadt Hamburg, Herr Bürgermeister«, riefen die Tunneltiere im Chor. »Wir stehen unter Denkmalschutz. Sagen Sie bloß, das wussten Sie nicht?«

Dieser Einwand setzte den Bürgermeister schachmatt. Ihm blieb nichts anderes übrig, als die Tunneltiere zum Doktor zu schicken. Und den restlichen Tunnel gleich mit. 60 Millionen Euro hat das gekostet. Pro Röhre. Seit Kurzem sind die Tunneltiere wieder wie neu und wollen für mindestens noch mal 100 Jahre auf ihren Tunnel aufpassen.

Das Saxophon und das tiefe 'Es'

Beleidigt saß das tiefe »Es« in der Damentoilette der Elbphilharmonie und schmollte vor sich hin. Der berühmte Dirigent aus Frankreich hatte seinen pieksigen Taktstock nach ihm geworfen! In der Generalprobe vor zwei Stunden. Bloß weil der Musiker mit dem Altsaxophon das »Es« ein wenig schräg aus seinem Instrument gequetscht hatte. Unglaublich!

Eine solche Behandlung war das »Es«, der Ton, nach dem alle Altsaxophone der Welt gestimmt sind, nicht gewohnt.

Empört war es aus dem trichterförmigen goldenen Ausgang des Instruments geflutscht, die Treppenfluchten des großen Konzertsaals hinauf und zur erstbesten Tür hinaus. Dabei stieß es sich zuerst den Kopf an einer der riesigen Orgelpfeifen und danach mit einer Garderobenfrau zusammen. Vollkommen aus dem Takt purzelte das Es schließlich die unnormal lange Rolltreppe hinunter, brach sich fast den Hals und blieb belämmert in einer Ecke liegen. Aua!

Als es wieder zu sich kam und über seine unwürdige Situation nachdachte, wäre es am liebsten nach draußen auf das wellenförmige Dach geflohen, hätte sich von dort auf die nächste Barkasse fallen lassen und wäre davongeschippert. Sollten dieser rüpelhafte Dirigent und sein unverschämter Taktstock doch sehen, wie sie in Zukunft ohne »Es« auskommen würden. Dann würden sie schon sehen! Oder besser gesagt: hören. Dass was fehlte nämlich.

Das »Es« ist eine sehr wichtige Note. Nicht nur beim Saxophon gibt es den Ton an. Überall kommt es vor. Bei allen berühmten Komponisten – von Ludwig van Beethoven bis Johann Strauß. Vor allem bei Strauß mit seiner Walzermusik, die vor »Es«sen nur so wimmelt. Und was würde erst das arme Altsaxophon ohne »Es« machen? Seine Stimme verlieren?

Das tiefe »Es« hielt sich den Kopf. Der Zusammenstoß mit der Orgelpfeife würde garantiert eine fette Beule geben. Mühsam hatte es sich danach am Fuß der Rolltreppe hochgerappelt, war auf die spitze Stiefelette einer mittelalten Dame gekrochen, die auf dem Weg zum Konzert war, und mit ihr die Monsterstufen wieder hochgefahren. Zusammen mit der Dame verkrümelte es sich auf die Toilette, wo es sich hinter dem Seifenspender versteckte.

Monsieur Pierre, dieser unmögliche Dirigent, konnte froh sein, dass er überhaupt in der Elbphilharmonie dirigieren durfte. Die Elbphilharmonie war schließlich noch berühmter als er selbst. Nigelnagelneu war sie und fast das berühmteste Konzerthaus der Welt. Wie ein geschliffener Diamant funkelte ihre gläserne Hülle in der Sonne und sogar, wenn es grau war in Hamburg. 800 Millionen Euro hatte sie gekostet, ihretwegen hatte man sich in Hamburg so zerstritten, dass es mit dem Bau irgendwann nicht mehr vorwärts und nicht mehr rückwärts ging. Und als es dann doch wieder vorwärts ging und die Elphi, wie man sie ab sofort nannte, endlich ohne Baugerüste und Kräne dastand, waren plötzlich alle ganz begeistert: die Musiker und Dirigenten, die Konzertbesucher, der Bürgermeister sowieso und sogar die Hamburger selbst.

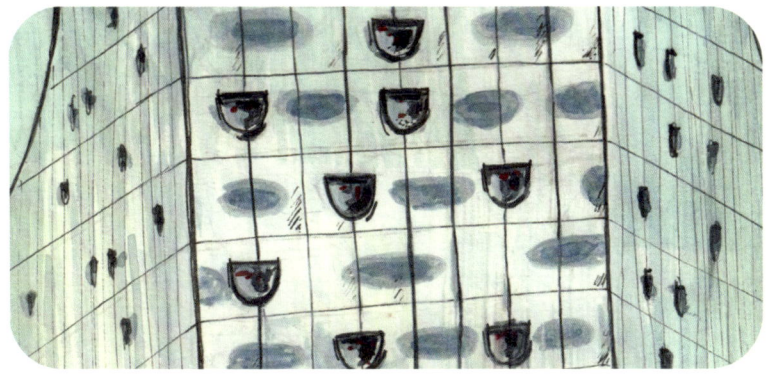

Monsieur Pierre, das bevorstehende Konzert und die Elbphilharmonie wären dem »Es« ja egal gewesen. Doch sein Lieblingsins-
trument, das Altsaxophon, war ihm nicht egal. Es musste völlig
verzweifelt sein ohne »Es« und würde womöglich keinen Ton
mehr herausbringen, obwohl es nicht mal erkältet war. Ob es
nach ihm suchen würde? Das »Es« schniefte traurig und schlief
erschöpft hinter dem Seifenspender ein.

Deshalb hörte es keinen Piep vom schrägsten Konzert, das
jemals in der Elphi stattfand. Ohne sein »Es« war das Saxophon
total verstimmt. Es quäkte lauter falsche Töne heraus, steckte alle
anderen Instrumente damit an und brachte das komplette Orches-
ter durcheinander. Monsieur Pierre, der Dirigent, raufte sich seine
schwarzen Locken. Die Geigen und die Celli, die Klarinetten, die
Oboe und am Ende sogar die dicke Pauke gerieten völlig aus dem
Takt und das Ganze klang wie Katzenjammer. Die Konzertbesucher begannen, die Musiker und ihren Dirigenten auszubuhen.
Manche standen schon auf, um den Konzertsaal zu verlassen.

Das Saxophon hielt es nicht mehr aus. Es riss sich vom

Saxophonspieler los, sauste zum nächsten Ausgang und schrie im ganzen Haus nach seinem tiefen »Es«. Das rutschte vor Schreck auf einem Tropfen Seife aus, als es von dem Geschrei erwachte. Es fiel ins Waschbecken und wäre fast durch den Abfluss geflutscht, doch in letzter Sekunde konnte es sich an einem Haar festklammern und auf die Ablage retten. Gerade rechtzeitig, als nämlich das verzweifelte Saxophon die Tür aufriss. »Da bist du ja endlich wieder«, riefen beide gleichzeitig und fielen einander glücklich um den Hals.

Und wenn sie nicht gestorben sind, bleiben sie für immer zusammen. Monsieur Pierre und sein Taktstock wurden mit Schimpf und Schande davongejagt und in der Elbphilharmonie nie wieder gesehen. Das tiefe »Es« aber ist fast in jedem Konzert zu hören.

Hochmut kommt vor dem Fall

»Niemals!«, verkündete der gelblich-rote Backstein Nr. 7.347.629 von seinem Aussichtspunkt in der Speicherstadt. »Niemals werde ich meinen Platz räumen. Im Leben nicht. Ich bin doch keine Sumpfdotterblume!«, schrie er dem Nordwind entgegen, der ihn mit einem kühlen Hauch an seinem herrlich schnörkeligen Giebel streifte. Hätte er gekonnt, hätte Nr. 7.347.629 mit dem Fuß aufgestampft, aber er saß fest in seiner Wand und so lief er nur dunkelrot an vor Empörung.

Sein Stammplatz war wunderbar, geradezu einzigartig. In luftiger Höhe thronte der Backstein in der Fassade eines Gebäudes, das man in Hamburg das *Rathaus der Speicherstadt* nennt, weil es ein bisschen dem echten Rathaus ähnelt. Einen fantastischen Blick hatte er von dort über die Fleete, die Erker und Türmchen der Lagerhäuser und die Brücken der Stadt. Über ihm kam nur noch der Himmel und an manchen Tagen konnte Nr. 7.347.629 die Sonne genießen, bis sie in der Elbe versank.

Und nun verlangte man von ihm, dass er selbst in der Elbe versank! *Man*: Das waren seine Backsteinkollegen von weiter unten, die wahrscheinlich bloß neidisch waren auf seinen Ausguck mit Höhenluft.

»Da oben bist du doch nur Deko und zu nichts nütze. Ein paar Etagen tiefer machst du viel mehr Sinn«, hatten sie behauptet. »Vor allem ganz unten. Am Fuß der Speicherstadt hättest du richtig viel Verantwortung. Eine tragende Rolle würdest du da spielen.« Es war nämlich so, dass in den Grundmauern des einst größten Lagerhauskomplexes der Welt, der aus dem Elbwasser wuchs, ein bedrohliches Loch klaffte. Durch das gelangten nicht nur die Ratten in die Speicher, sondern mit jeder Flut schlüpfte und schlappte auch das modrige Elbwasser mitsamt einer braunen Ladung Schlick hinein.

Per stille Post hatte der Rat der Steine eine Botschaft zu Nr. 7.347.629 aufs Dach gesandt, um ihn von dem dringend gebotenen Ortswechsel zu überzeugen. Es war ein Flüstern und Wispern, ein Tuscheln und Munkeln in der Fassade von St. Annen 1, wie man es noch nie in der Speicherstadt gehört hatte. Doch Backstein Nr. 7.347.629 blieb stur.

»Verantwortung tragen. Phhh! Was glaubt ihr eigentlich, was ich hier oben tue? Wollt ihr etwa, dass es reinregnet? Die Dachbalken anfangen zu faulen? Die Holzböden durchhängen und das ganze Gebäude einstürzt?« Vor Ärger wurde er womöglich noch dunkler. »Vergesst nicht, dass ich das wichtigste Gebäude der Speicherstadt beschütze. Unter mir sitzen die Leute, die diesen riesigen Hafen am Laufen halten. Außerdem reicht's mir schon, was ich hier oben an Wasser abkriege, das ewige Schietwetter mit seinem Nieselpiesel. Da muss ich nicht auch noch mit den Füßen drinstehen.«

Einer der Ratssteine räusperte sich. »Mein Lieber«, setzte er an, »du vergisst, dass du auf einem Ziergiebel sitzt. Ein Ziergiebel tut nix außer schön aussehen. Kein einziger Dachbalken fault, nur weil du weg bist.«

Backstein Nr. 7.347.629 musste schlucken angesichts dieser Unverschämtheit, aber er beabsichtigte nicht, klein beizugeben. »Soll ich in Zukunft mit jeder Flut und mit jeder Barkasse, die zu schnell vorbeifährt, absaufen? Ganz zu schweigen von Moos und Modder, die sich binnen kürzester Zeit an mir festkrallen werden. Nein, danke! Grün steht mir nicht und Kackbraun schon gar nicht. Dann lieber Eis und Schnee auf der Mütze.«

»Wie kann man bloß so egoistisch sein!« Der Rat der Steine war ratlos. »Willst du wirklich, dass aus deinem Speicherstadt-Rathaus ein Rattenhaus wird? Wenn's unten bröselt und das ganze Weltkulturerbe in sich zusammensackt, fällst auch du irgendwann vom Dach. Wahrscheinlich gleich als Erster, hast du darüber mal nachgedacht?«

»Nö. Wieso?«, sagte Nr. 7.347.629 trotzig. »Noch sitz' ich hier gut fest.«

»Nur zusammen sind wir stark«, mahnte der oberste Ratsstein, der selbst ziemlich weit unten im Gemäuer die Stellung hielt. »Da muss man auch mal füreinander einstehen oder einspringen. Ein Retter der Speicherstadt könntest du werden. Das ist doch was!«

»Nicht für mich«, wollte Nr. 7.347.629 erwidern, doch zu einer Antwort kam er nicht mehr. Aus heiterem Himmel schrappte etwas Scharfkantiges an ihm vorbei und schälte mit einem widerlichen Geräusch den Mörtel aus den Fugen, der ihn in der Wand hielt. Es knirschte und rieselte und bevor er wusste, wie ihm geschah, wurde Nr. 7.347.629 aus seinem Giebel gerissen und stürzte ungebremst vom Dach in die Elbe. Bis zum Bauch versank er im Schlick und durfte sich fortan das Fundament der Speicherstadt von unten angucken. Als Grundstein war er für immer verloren. Als Retter der Speicherstadt auch, denn aus diesem Schlickschlamassel würde er nie wieder herausfinden.

Es war auch kein Trost für Backstein Nr. 7.347.629, dass er nicht alleine im Elbschiet festsaß. Die Kameradrohne, die das Malheur ausgelöst hatte, hatte den Zusammenstoß genauso wenig überlebt. Ganz in seiner Nähe steckte sie mit drei ihrer vier Fliegenbeine tief im Schlick und starrte ihn unverwandt mit ihrem gläsernen Unterwasserkameraauge an.

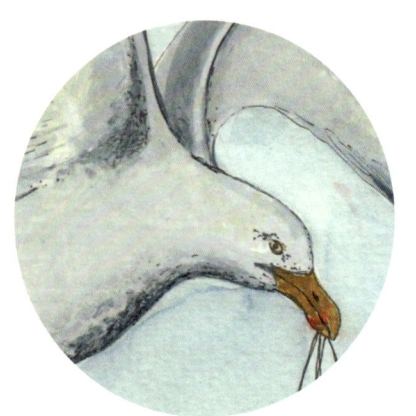

Lieblingskran mit Hindernissen

»So 'n Schiet!«, jammerte Emma. »Sie stellen diese Pieksdinger jetzt wirklich an den beklopptesten Orten auf. Wer kommt denn auf so was?«

Emma hatte versucht, sich an ihrem Lieblingsplatz im Traditionsschiffhafen niederzulassen. Ponton 5. Vom Ausleger des alten Schwimmkrans *Greif* hatte eine weißgraue Möwe wie Emma einen prima Blick auf Fischbrötchenbuden, überquellende Papierkörbe und Menschen, die sich was zu essen in den Schnabel stopften. Das taten die Menschen pausenlos – sich was in den Schnabel stopfen.

Beim Landen hatte Emma nicht aufgepasst und sich mehrere nadelspitze Metallstängel in ihren gefiederten Popo gepiekt. Genau dafür waren die Stängel da: zum Möwen-und-Tauben-in-den-Popo-pieken, damit sie an bestimmten Stellen nicht gemütlich sitzen konnten.

»Ja, die Dinger sind ein echter Nachteil an Hamburg.« Helga parkte neben Emma auf einem Autodach und putzte sich den rechten Flügel. »Bei mir zu Hause auf Helgoland hatten wir so was nicht. Deutschlands einzige Hochseeinsel übrigens.«

»Du immer mit deinem blöden Helgoland!« Emma konnte dieses affige »Deutschlands einzige Hochseeinsel übrigens« nicht mehr hören. »Warum bist du nicht dort geblieben, wenn da alles besser ist?«

»Zu voll«, antwortete Helga. »Selbst am Himmel ist kein Platz, außer für die Regentropfen. Ich sag' nur *Basstölpel* und *Trottellummen*. Die Viecher nisten zu Tausenden in unseren schönen Felsen und fressen einem die Nordsee leer.«

»Kannste hier auch haben. Die Basstölpel und Trottellummen, meine ich. Nur heißen die in Hamburg anders. Da heißen sie Touristen und sind auch alles komische Vögel.« Emma rieb sich noch immer ihr Hinterteil. »Diese verdammten Pieksdinger haben sie wahrscheinlich nur wegen denen installiert. Damit ihnen niemand auf den Kopf schietert, wo sie doch so viel Geld in die Stadt bringen.« Sie seufzte. »Touristen gehen immer vor. Da kannst du so viel in Hamburg geboren sein, wie du willst.«

»Aber das mit den Piekern auf'm Schwimmkran war jetzt echt nicht nötig.« Helga schwang sich in die Luft. Aus Protest gegen den Terrorismus der Kultur- oder Denkmalschutzbehörde kackte sie im Flug auf den Balkontisch von Hamburgs kleinstem Hotel. Es war frisch an Emmas bevorzugtem Landeplatz auf dem *Greif* eingerichtet worden und besaß nur zwei Zimmer. »Wenigstens müssen *wir* keine 450 Mäuse pro Nacht bezahlen, wenn wir am Wochenende hier zum Schlafen den Kopf unters Gefieder stecken wollen.« Helga ließ sich wieder neben Emma auf dem Autodach nieder.

»Trotzdem! Mein schöner alter Lieblingskran. Rot mit Himmelgrau und nicht so hoch wie die Riesen drüben am Burchardkai. Da brichst du dir den Hals, wenn du im Niesel oben ausrutschst.«

»Falls du nicht vorher 'nen Container an den Kopf kriegst.«
Helga rümpfte den Schnabel.

»Alles bloß Spielzeug für große Jungs.« Emma flatterte zu
Boden, um einen Rest Döner aufzupicken, den ein Tourist hatte fallen lassen. »Aber mein Piet hier« – Emma hielt nichts von
dem Namen *Greif* – »das war noch ein echter Arbeiter.« Liebevoll
schubberte sie ihren Hals am Kranführerhäuschen. »Hat richtig
zugepackt und die schwersten Lasten im Hafen aus den Schiffsbäuchen gehoben.«

»Und nun muss er Touris in seinen eigenen Bauch verladen.«
Ärgerlich tappte Helga von einem Bein auf das andere. »Alles
Kacke heutzutage!« Helga pflegte nicht immer eine stubenreine
Sprache.

»Aber etwas Gutes hat es, das Hotel«, sagte Emma. »Nun ist
endlich Harrys Hafenbasar gerettet.«

»Der gute alte Harry – ist jetzt bei seinen Schrumpfköpfen.«
Ein melancholischer Seufzer entfuhr Helga, als sie an den alten Zausel dachte, der über 300 000 schräge Ausstellungsstücke
aus aller Welt gesammelt hatte. Früher lagerten seine Masken,
Schrumpfköpfe, die exotischen Muscheln und die australischen
Didgeridoos in einem Kellerlabyrinth in der Bernhard-Nocht-Straße am Hafen.

Wer es besichtigen wollte, brachte am besten eine Wäsche-klammer mit, um sich die Nase zuzukneifen, denn es roch bei Harry nicht nur nach merkwürdigen ausgestopften Sachen, die mal lebendig gewesen waren, sondern vor allem nach Katzenpipi. Vor ein paar Jahren waren Harrys Seemannsschätze im dunklen verwinkelten Rumpf des *Greif* untergekommen.

»Wenn künftig alle *Greif*-Hotelgäste in Harrys Museum gehen, werden die sich vor Besuchern gar nicht retten können«, sagte Emma.

»Los, komm«, Helga machte sich startklar, »wir gehen mal wieder gucken. Bei Harry gibt's bestimmt keine Pieksdinger.«

»Auf Harrys komischen Kram würde ich niemals was fallen lassen«, grinste Emma. »Ist doch Ehrensache – und außerdem zu gefährlich. Seine Viecher können bestimmt Voodoo und dann fliegt einem plötzlich das eigene Kackhäufchen um die Ohren.«

PS: Ja doch, Vögel haben Ohren, nur kann man sie vor lauter Federn nicht erkennen.

Die Teichprinzessinnen

Es gibt einen wunderschönen Teich in Hamburg, kreisrund, so-dass man ihm den Namen Rondeelteich gab. Im Sommer war er voller Seerosen, die wie pastellfarbene Sterne leuchteten, und das mitten in der Stadt. Im Winter, ohne die Seerosen, spiegelte der Teich wie ein Auge den Himmel auf die Erde. Der Rondeelteich war so idyllisch und versteckt gelegen, dass man ihn nur auf dem Wasserweg erreichen konnte, durch einen schmalen Kanal. Nur die wohlhabenden Leute, die in den großen weißen Villen direkt am Teich lebten, konnten zu Fuß an sein Ufer gelangen.

Außer den Seerosen, die sich wie die Königinnen des Teichs benahmen oder wie verwöhnte Prinzessinnen, lebten viele Frö-sche dort. Sie liebten es, sich auf den tellergroßen glatten Blättern der Seerosen zu sonnen, ab und zu ein Bad zu nehmen und sich ebenso zahlreich zu vermehren wie die schwimmenden Blüten. Alles hätte friedlich sein können, wenn die Seerosen den Mund gehalten hätten. Doch ohne Unterlass tratschten, lästerten und stritten sie darüber, wer wohl die Schönste von ihnen sei.

»Hast du heute schon meine pinkfarbenen Spitzen gesehen, die nach unten hin zu einem herrlich zarten Rosa verlaufen?«, brüstete sich die eine vor der anderen.

»Pink! Wie ordinär!«, schnappte ihre Nachbarin. »Schau lieber in mein leuchtend gelbes Herz. Wie die Sonne auf Erden.«

»Sonne, phhh! Eher gelb vor Neid, meinst du wohl«, gab die

Pinke schnippisch zurück. »Gib's zu, du hast mich in der Morgenröte aufleuchten sehen und das gleich doppelt mit meinem wunderhübschen Spiegelbild im Wasser. Da bist du knallgelb angelaufen vor Neid.« Herausfordernd ließ sie ihre pinkfarbenen Spitzen tanzen und die andere stehen. Beziehungsweise schwimmen.

So ging es tagein, tagaus auf dem gesamten Seerosenteich. Die Luft schwirrte vor gemeinen Sprüchen, ätzenden Kommentaren und Angebereien. Mit der Zeit ging das Gezicke der Seerosenbiester ihren Mitbewohnern, den Fröschen, ungeheuer auf die Nerven. Ganz übel wurde ihnen davon. Sie wünschten sich nichts als ihre Ruhe. Und Frieden im Teich. Wenn sie doch nur einen Augenblick schweigen könnten, diese albernen Schönheitsköniginnen! Bitte!

Aber die dachten nicht daran. Eines Tages waren die Frösche am Ende mit ihrer Geduld. Das Maß war voll. Es war aber auch ungeheuerlich, was sie zuletzt mit anhören mussten: »Diese ekelhaften Froschkreaturen sitzen wie eitrige Pickel auf meinen schimmernden Blättern«, hatte eine der Seerosen gesagt. »Einfach widerlich. Ich wünschte, sie würden allesamt absaufen.«

»Oder auswandern«, rief eine andere.

»Oder von einer bekloppten Prinzessin geküsst werden und sich in irgendwelche Typen verwandeln«, kicherte eine dritte. Zur Abwechslung schienen sich alle einmal einig zu sein.

Die so geschmähten Frösche allerdings auch.

Als es Nacht wurde und die Teichprinzessinnen wie auf Kommando ihre hohlen Köpfe schlossen, um sich für ihren Schönheitsschlaf bereit zu machen, schritten die Frösche zur Tat. Sie tauchten tief auf den Grund und bissen allen Seerosen im Teich,

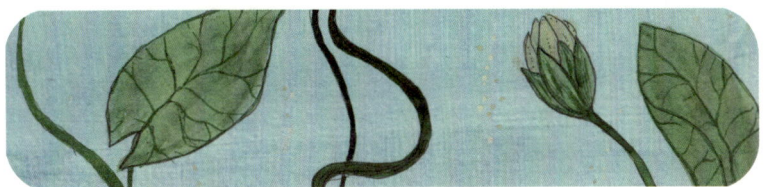

einer nach der anderen, die langen Stängel ab, die sie mit ihren Wurzeln verbanden. Dann scheuchten sie sie über den Kanal auf die kabbelige Alster hinaus, den großen See in der Stadt, wo sie wild umherzuschaukeln begannen und auseinanderdrifteten.

Die Seerosen schliefen tief und fest und bemerkten nichts von ihrer Vertreibung aus dem Paradies. Sie träumten von sich selbst und von schönen neuen Kleidern in allen Farben des Regenbogens. Und von den Gehässigkeiten, die sie ihren Konkurrentinnen morgen an den Kopf werfen würden. Als sie am nächsten Morgen über Hamburgs Gewässer verteilt in irgendwelchen dunklen Ecken erwachten, die sie noch nie gesehen hatten, gab es ein großes Geschrei. Wo waren all ihre lieben Freundinnen geblieben? Tja, Pech gehabt: Niemand hörte die Seerosen jammern und klagen. Jede war für sich allein und durfte dort die Allerschönste sein. Nur ein paar grüne Blätter waren mitgekommen, auf denen nicht einmal ein Froschtier saß.

Allerdings erlebten auch die Frösche ihr blaues Wunder. Denn nun fehlten ihnen die gemütlichen grünen Blätter der Blütenprinzessinnen doch sehr. Wo sollten sie hin, um sich die Sonnenstrahlen auf die Pelle scheinen zu lassen? Und was noch ärgerlicher war: Der nun nackte Seerosenteich bekam schon bald neue Bewohner.

»Was wollen *die* denn hier?« Auf einem runden Uferstein sitzend, neben dem einzigen Seerosenblatt, das übrig geblieben war, beobachteten die Frösche Samson und Josef eine Flotte Menschen, die – auf großen weißen Brettern stehend – den Kanal zum Teich entlang gestakt kamen.

»Ach, die. Die kommen öfters in letzter Zeit.« Samson gähnte. »Räkeln sich auf ihren Brettern und machen komische Verrenkungen. Und dazu atmen sie so tief in den Bauch, als hätten sie wochenlang keine Luft gekriegt.«

Josef besah sich den schrägen Schwimmzirkus eine Weile. »Ganz ehrlich«, sagte er schließlich, »da waren mir unsere hysterischen Seerosenprinzessinnen lieber. Was die wohl jetzt so machen?«

»Sich ein neues sonniges Plätzchen suchen«, sagte Samson. »Und die Klappe halten, wenn sie schlau sind.«

»Die sind aber nicht schlau.« Josef grinste. »Die sind nur schön.«

»Tja, man kann nicht alles haben«, sagte Samson, während er ins Wasser glitt. »Komm, Froschkönig, lass uns baden geh'n.«

Traumschiff

Vor vielen Jahren geschah in der Dämmerung des 1. April etwas sehr Seltsames: Das bis dahin berühmteste Gebäude der Stadt, das Chilehaus, verschwand im Morgennebel auf Nimmerwiedersehen. Das Chilehaus war nie ein gewöhnliches Haus gewesen. Es war ein Kontorhaus und obwohl aus Stein, Stahl und Glas gebaut, glich es einem gewaltigen Passagierdampfer, der mit seinen eleganten Linien jede noch so große Ozeanwelle hätte bezwingen und jedem Sturm hätte trotzen können. Auf den ersten Blick dunkelrot, glühte sein Backstein bis zu zehn Etagen hoch im Abendlicht. Weiß leuchteten die Rahmen seiner 2800 gleich großen Fenster aus der geschwungenen Fassade, hinter der man ebenso weiß gekleidete Passagiere in ihren Kabinen hin und her wandeln wähnte. Mächtig erhob sich sein Schiffsbug in den Himmel mit einem steinernen Adler der Anden als Bugfigur.

Fest im Grund verankert hatte das Chilehaus 80 Jahre an seinem Platz gestanden oder, besser gesagt, gelegen. Schließlich *liegen* Schiffe im Wasser, an Kaimauern, am Ufer oder an Ankerplätzen – sie stehen nicht.

In die Straßenschluchten von Hamburgs Innenstadt gezwängt lag der Dampfer aus Stein wie ein gestrandeter Wal. Dabei wirkte er trotz seiner Millionen von Backsteinen und dem stählernen Skelett seltsam schwerelos. Es dauerte ein wenig, bis man begriff, woran das liegen mochte. Es lag am Licht, das den Backstein schillern und flirren ließ wie Öl in einer Pfütze. Je nach Beleuchtung wechselte er die Farbe, schimmerte mal gelblich, mal bläulich lila, mal in Rosétönen. Das riesige Gebäude mutete leicht und beschwingt an wie ein Luftschloss, das jeden Augenblick Fahrt aufnehmen und davonsegeln konnte.

Der einst reichste Mann der Stadt, Henry B. Sloman, der in den Salpeter-Minen von Chile sein Vermögen gemacht hatte, ließ es erbauen und an diesem Ort vor Anker gehen. An jenem Morgen des 1. April sollte sich alles verändern, ohne dass irgendwer in der Stadt etwas ahnte.

Während Hamburg noch schlief, wurden behutsam und wie von Geisterhand die zahlreichen Gangways eingezogen, die Leinen gekappt und die Anker gelichtet. Um 4.33 Uhr tutete kurz die Schiffssirene – das hieß: ACHTUNG, ich wende über Steuerbord (also in Fahrtrichtung rechtsherum) – und danach pflügte ein Ozeanriese aus Backstein, größer als die modernen Kreuzfahrt-Queens, schwerelos durch die Stadt. Alles, was im Weg stand, schien zur Seite zu springen. Der Chile-Dampfer schob die Bürohäuser entlang der Ost-West-Straße, die heute Willy-Brandt-Straße heißt, weiter an den Rand, bog beim Altonaer Rathaus auf die Elbchaussee ab, wo frisches Aprilgrün von den hohen Bäumen an seinen Relings hängen blieb, und ließ sich in Höhe Teufelsbrück lautlos in den Strom gleiten. Genau dort, wo der Teufel persönlich den winzigen Hafen bewacht und Elbe und Straße sich fast küssen.

Auf seinem Weg elbabwärts begegnete er einigen Lotsenbooten, deren Kapitäne sich verwundert die Augen rieben und glaubten zu träumen. Er passierte die beiden rotweiß geringelten Leuchttürme bei Blankenese und den Leuchtturm am Wittenbergener Strand, wo die Passagiere Hamburg vermutlich ein letztes Mal zuwinkten. Bei Cuxhaven erreichte das Traumschiff die Nordsee und nahm bald darauf Kurs auf das südamerikanische Chile, von wo ein Jahrhundert zuvor die größten Windjammer, die je gefahren sind, das »weiße Gold« nach Europa und nach Hamburg brachten. Weißes Gold, so nannte man damals den wertvollen Rohstoff Salpeter, der für Dünger und Sprengstoff verwendet wurde.

Wenig später löste sich das Schiff auf dem Weg zu den brüllenden Winden der Roaring Forties im Nebel auf … und nie wieder, außer in Büchern, hat man etwas von ihm gehört.

In Hamburg aber blieb dort, wo es gestanden, pardon, *gelegen* hatte, eine Pfütze zurück, groß wie ein See, auf der die Kinder fortan ihre Spielzeugschiffe schwimmen ließen und im Wasser plantschten, wenn es im Sommer besonders heiß war. Jedes Jahr, immer am 1. April, senkt sich eine Fata Morgana über die Kinderpfütze. Wer genau hinschaut, erkennt darin das traumhafte Trugbild des Chilehauses.

Klabautermanns U-Boot-Grab

Das Erste, was aus den Tiefen der Elbe nach oben drang und mit einem kleinen »Pfft« an der Wasseroberfläche zerplatzte, waren die Luftblasen. Dann kamen ein klitschnasser dreckig roter Haarschopf und ein breiter Mund mit moddergrünen Zähnen zum Vorschein. Der Haarschopf schüttelte sich wie ein nasser Hund. Und zwischen den grünen Zähnen gluckste ein rostig klingendes »Ey, Mann«, hervor, »das wurde auch langsam Zeit.«

Der Haarschopf gehörte einem koboldartigen Männlein. Mit letzter Kraft erreichte es das Seil, das von dem kleinen Arbeitsschiff *Hein* ins Wasser baumelte, und kletterte daran hoch. Erschöpft ließ es sich ins Schiff plumpsen, wo es einen halben Tag liegen blieb und nach Luft japste.

Etwas so Köstliches wie frische Luft oder gar frische Seeluft hatte es seit über siebzig Jahren nicht mehr in seinen Lungen verspürt. Als es Nacht wurde, hatte sich der kleine Mann gerade so weit erholt, dass er an der Bordwand lehnen und vor sich hindösen konnte.

Eine ärgerliche Stimme schreckte ihn aus seinen Träumen hoch. »Wer bist du und was willst du hier?«, kam es giftig über den Bug der *Hein* geweht. »Das ist mein Schiff und mein Liegeplatz.« Auf dem Festmacherseil, das die *Hein* mit einer morschen Brücke verband, stand stocksteif und mit vor Empörung zitternden Barthaaren eine Hafenratte und blitzte den kleinen Mann an.

Der machte sich so groß wie möglich. Das konnte ja wohl nicht angehen. Waren in all den Jahrzehnten, die er weg gewesen war, die Hamburger Hafenratten so dreist geworden, dass sie ihm keinerlei Respekt mehr entgegenbrachten? Ja, dass sie ihn nicht einmal erkannten?

»Ich bin der Klabautermann«, sagte der Kobold und richtete sich zu seiner vollen Größe auf, was ungefähr drei Ratten hochkant übereinander gestapelt entsprach. »Ich war eine Weile weg, stimmt. Aber dir hätten sie in der Zwischenzeit trotzdem ein paar Manieren beibringen können.«

»Kla … Klabautermann«, stammelte die Ratte und schrumpfte einen Tick. »Wo kommst du denn her? Wir … wir dachten alle, du bist tot! Seit Jahren hat dich keiner mehr gesehen.«

»Jetzt siehst du mich und ich bin kein bisschen tot«, sagte der Klabautermann. »Ich war nur über siebzig Jahre unter Wasser.«

»Wieso das denn?«, fragte die Ratte, die sich als Paul vorstellte. »Gefiel's dir oben nicht mehr?«

»Geht so. War reichlich Geballer in der Luft damals. Aber nicht deshalb war ich so lange weg … Eingesperrt war ich. Kam nicht mehr rechtzeitig raus.«

»Wo raus?« Paul hatte keinen Schimmer, wovon der kleine Kerl sprach, der von sich behauptete, der Klabautermann zu sein.

»Na, aus dem U-Boot-Bunker Elbe II.«

»Du meinst da, wo jetzt der Parkplatz vom Containerterminal Tollerort ist? Hier direkt gegenüber?«

»Keine Ahnung, wie das heute heißt. Bekanntlich kann ein Klabautermann ja durch Wände gehen. Schiffswände jedenfalls, aber zuerst haben sie mir damals ein paar gewaltige Knallfrösche aufs Betondach geschmissen, sodass es einstürzte und mein U-Boot im Elbschlick festsaß. Später haben sie den Rest kaputtgesprengt und Massen von Sand darüber geschüttet. Um einen Parkplatz zu bauen, sagst du?« Tiefes Seufzen. »Einen Parkplatz! Ist es denn zu fassen? Der weltberühmte Klabautermann sitzt in Hamburg unter einem Parkplatz in der Elbe fest und der heißt auch noch Tollerort! Toller Ort – von wegen.«

Paul war inzwischen zu dem kleinen Kerl ins Schiff geklettert. Seine Barthaare vibrierten vor Aufregung. »Und wie bist du nun doch rausgekommen aus deinem U-Boot-Grab?«

»Ach, das willst du gar nicht wissen«, entgegnete der Klabautermann bekümmert, »ist eine unwürdige Geschichte. Durch Tonnen von Sand hab’ ich mich gewühlt wie ein lächerlicher Wattwurm. Und dabei mehr Modder geschluckt als ein Maulwurf.« Paul machte Kulleraugen.

»Hast du deshalb so grüne Zähne?«

»Da siehst du ’s, ich war zu lange weg. Ihr Schiffsratten habt von nichts mehr eine Ahnung.« Der Klabautermann rollte mit den Augen. »Ein Klabautermann hat immer grüne Zähne. Das weiß jedes Kind.« Er blickte hoch, als ihn unerwartet ein heller Lichtschein traf, der seine Zähne pistaziengrün leuchten ließ.

»Was ist das denn?« Neugierig betrachtete er den gewaltigen funkelnden Kristall, der sich aus dem Elbwasser erhob und ganz oben Wellen zu schlagen schien. Trotz seiner Größe hatte er ihn bisher noch nicht bemerkt. »Sehen so die Schiffe von heute aus? Von dem Geglitzer wird man ja ganz wuschig im Kopf.«

»Nee, mein Lieber«, beruhigte ihn Paul kichernd. »Da bist du auf dem falschen Dampfer. Das ist kein Schiff, das ist die olle Elphi. Musikpalast für Leute mit Superohren. Oder mit Hörgeräten. Die Schiffe von heute sehen ganz anders aus.« Er rümpfte die Nase. »Haben einen Haufen Bauklötze obendrauf oder einen Knutschmund am Bug und blaue Augen.«

»Hä?«

»Doch, echt wahr. Da drüben liegt eins: die *Aida Sol* oder *Prima* oder so. Sieht aus wie frisch aus ʼnem Comic ins Wasser gefallen.« Schweigend sah sich der Klabautermann diese *Aida* an. Ihr Kussmund war sogar im Dunkeln zu erkennen.

»Mann, Mann, Mann, und dafür habʼ ich mich jetzt aus dem Sand gewühlt! Zu meiner Zeit war *Aida* noch ʼne Oper. Gibtʼs keine anständigen Segelschiffe mehr oder wenigstens ein paar schicke Frachter?«

Forschend ließ er seinen Blick über den Hafen schweifen, über die *Cap San Diego* an der Überseebrücke, die einst auf der Südamerikalinie fuhr, und über das knallrote Feuerschiff gleich nebenan.

»Wir hätten noch ein russisches U-Boot«, sagte Paul. »Viel-

leicht könntest du da einziehen. Liegt direkt beim Fischmarkt, vor der Fischauktionshalle, und ist heute ein Museum.«

»U-Boot? Sag mal, tickst du noch ganz klar?« Der Klabautermann sprang auf und stemmte empört die Hände in die Hüften. »Ein bisschen mehr Feingefühl hätte ich schon von dir erwartet. Ein U-Boot! Ausgerechnet. Keine zehn Pferde bringen mich da mehr rauf.«

»Beruhige dich, war'n Scherz«, sagte Paul.

»Aber einer von der miesen Sorte!«

Der Klabautermann wollte sich gerade wieder hinsetzen, als er plötzlich wie elektrisiert mit dem Finger auf etwas zeigte. »Und was ist das da?« Er deutete auf den grünweißen Großsegler, der mit frischem Anstrich und stolzen Aufbauten an den Landungsbrücken lag.

»Das ist die *Rickmer Rickmers*, unser schwimmendes Wahrzeichen. Da kannst du bestimmt fürs Erste unterkommen.« Paul freute sich, dem Klabautermann behilflich sein zu können. »Aber ich wette mit dir um eine Seemannskiste Rum, dass du bald wieder umziehst.«

»Wieso das?«, fragte der Klabautermann und kratzte sich den Schnauz.

»Weil die *Peking* zurückkommt in den Hafen, wo sie vor über hundert Jahren gebaut wurde.

»Die *Peking*? Meinst du etwa die *Peking*, den Viermaster von 1911, einen der größten Windjammer, die es je gab?«

»Genau die«, nickte Paul. »Ist gerade aus Amerika zurück, Huckepack auf einem Transportschiff, weil sie nicht mehr selber schwimmen konnte. Bald ist sie wieder frisch wie neu.« Dem Klabautermann wollte sich eine Träne ins Auge schleichen vor Glück. Die *Peking*! Seine gute alte *Peking*.

»Die kennt mich noch von früher«, sagte er andächtig. »Siebzehn Jahre bin ich auf ihr gefahren und damals …«

Ehe Paul sich versah, steckte der Klabautermann mittendrin in den wilden Geschichten von seiner glorreichen Zeit auf der *Peking*. Er hörte überhaupt nicht mehr auf zu erzählen und mit seinen Heldentaten zu prahlen.

Irgendwann konnte Paul nicht mehr, mit glühenden Ohren schlief er schließlich ein. Und so dümpeln die beiden noch immer im Mondlicht auf der Elbe und warten auf die Rückkehr der *Peking* in den Hamburger Hafen.

Die Insel der Gartenzwerge

»Nee, Horst, weiter rechts musst du dein Beet anlegen. Wo du buddelst, ist es zu schattig für Radieschen.« Der kleine Mann mit der Schaufel in der Hand und der roten Zipfelmütze stand neben dem Stamm des alten Apfelbaums und wackelte bedenklich mit dem Kopf. Immer dasselbe. Auf seiner Insel gärtnerte wieder so ein Horst ohne Sinn und Verstand.

Horst, der in Gummistiefeln und bunt gestreifter Badehose schnaufend zwei Quadratmeter Garten umgegraben hatte, hielt inne und kratzte sich am Ohr. Eine innere Stimme sagte ihm, dass er an der falschen Stelle zugange war. Zu schattig für Radieschen. Horst seufzte, beschloss, statt Radieschen Rhabarber zu setzen, und begann woanders nochmal von vorn. Die Radieschen sollten es schließlich gut haben bei ihm und später lecker im Salat zu den Grillwürstchen landen.

»Na, also!« Klaus, der Rotbemützte, nickte zufrieden. »Geht doch.« Klaus ist einer der heimlichen Herren der Insel. Die liegt im Osten von Hamburg und beherbergt die größte Schrebergartenkolonie der Stadt. Außerdem beherbergt sie das größte Gartenzwergvolk nördlich der Elbe. Die Insel *gehört* also eigentlich den Gartenzwergen, nur dass das niemand außer ihnen weiß. Nicht mal die Behörden.

Klaus und seine Brüder wachen über die Insel und haben ein Auge darauf, dass keiner dort sein Unwesen treibt. Und keiner

Unfug pflanzt wie Kakteen, Bananenstauden oder Mammutbäume. Oder Radieschen an die falsche Stelle. Es war schon vorgekommen, dass er und seine Artgenossen die jungen Radieschen, Petersilie oder Kohlrabis der Hobbygärtner nachts wieder ausgebuddelt und anderswo eingepflanzt hatten, damit sie eine Überlebenschance bekamen. Klaus & Co. können sehr streng sein und verstehen keinen Spaß.

Dass die Insel der Gartenzwerge Hamburgs schönste ist und auch die lustigste, versteht sich von selbst. Trotzdem ist es ein Geheimnis. Die Gartenzwerge hüten es wie einen Schatz, genau wie alle anderen, die jemals da waren. Daher kennen nur Wenige diesen wundervollen Ort, der mitten in der großen Stadt ein bisschen aussieht wie aus der Zeit gefallen. Statt Banken und Computerläden gedeihen Erbsen dort und Tomaten. Statt Wohntürmen und S-Bahn-Stationen wachsen Kirsch- und Pfirsichbäume in den Himmel. Statt lärmiger und stinkender Straßenkreuzungen gibt es tiefenentspannte Kartoffeln, Salat und Rosen.

Das Beste auf der Insel aber ist, dass die Zeit grundsätzlich macht, was sie will. Sie lässt die Uhren langsamer gehen als anderswo. Ein bis zwei Stunden pro Tag. Mindestens. Manchmal auch eine ganze Woche. Ab und zu steht sie sogar ganz still. Bloß die Jahreszeiten sind immer pünktlich.

Über die ganze Insel ziehen sich verwinkelte Holzhäuschen und Gartenlauben, geschmückt mit Geranien, Rettungsringen oder Hirschgeweihen – gern auch mit allem gleichzeitig. Daneben wachsen gepunktete oder gestreifte Sonnenschirme in die Höhe, Kinderschaukeln, Baumhäuser und Bohnenstangen. Die

Zwergeninsel hat drei runde Ecken wie ein Bumerang, nur ist sie nicht leer in der Mitte. An ihren grasbewachsenen Ufern liegen, an Stegen und Dalben vertäut, Ruder- und Paddelboote, Jollen, natürlich auch ein paar dieser nervenzersägenden Motorboote. Und allerorten, allein oder in Schulklassenstärke, sitzen, stehen, liegen und angeln die Gartenzwerge. Kleine, mittlere und große gibt es. Sogar einer mit Bierflasche in der Hand wurde schon gesehen, was sehr untypisch ist für einen Gartenzwerg.

Die Männer mit den roten Zipfelmützen sind echte Glückspilze. Sie sind nämlich die einzigen, die Tag und Nacht in diesem Inselparadies leben dürfen und jeden seiner verträumten Winkel kennen. Alle anderen müssen abends nach Hause gehen, denn übernachten ist in einem Schrebergarten nicht erlaubt. Deshalb haben die Zwerge nachts, wenn es still wird in den Schreberhäuschen und auf den Booten, die Insel ganz für sich. Und sie kümmern sich. Klaus und seine Kumpels gießen alles, was durstig aussieht, achten darauf, dass kein Grill vor sich hinkokelt und leeren den einen oder anderen übervollen Aschenbecher. Und das Wichtigste: Sie halten Wache. Bewaffnet bis an die Zipfelmützen verteidigen sie ihr Revier gegen Eindringlinge jeder Art. Mit Harken, Schaufeln, Eimern und Rechen. Mit Angelruten, Gießkannen und Paddeln. Mit Schmetterlings- und Fischernetzen.

Das ist auch nötig, denn vor Kurzem geriet ihr Inselparadies ernsthaft in Gefahr. Natürlich waren die Männer mit den roten Mützen die Ersten, die es bemerkten, denn sie haben Augen wie Luchse und außerdem einen siebten Sinn. Misstrauisch sind sie auch. Sie beobachteten, wie plötzlich immer mehr Leute auftauchten, die anders aussahen als die, die sonst kamen. Morgens erschienen sie, wenn die Insel nicht so belebt war. Wie Schrebergärtner sahen sie ganz und gar nicht aus. Auch nicht wie die Besucher mit Rucksack oder Picknickkorb, die einfach nur irgendwo still sitzen und gucken wollen.

Diese Neuen, die da anrückten, trugen keine schrabbeligen Hosen und Gummistiefel, sondern Anzüge und Krawatten. Und teure Uhren – sie wussten ja nicht, dass die Uhren und die Leute auf der Insel anders ticken. Die Krawattenmänner hatten die falschen Schuhe an den Füßen und ständig tippten sie auf flachen schwarzen oder silbernen Kästchen herum, die dann Zahlen ausspuckten. Die Zahlen hielten sie sich gegenseitig unter die Nasen. Dazu flogen den Zwergen Wörter um die Ohren, die sie nicht verstanden und die ihnen verdächtig vorkamen. Wörter wie: Geschosshöhe. Wohneinheiten. Investment. Oder Rendite. Das Wort Rendite kam oft vor. Eines Tages hörten sie, wie von zehntausend Neubauwohnungen die Rede war für bis zu dreißigtausend Menschen. Das verstanden sie – und gerieten auf der Stelle in Panik.

Wohnungen? Auf ihrer Insel? Katastrophe! Unmöglich! Ihre geliebte Insel wäre nicht mehr dieselbe. Sie wäre in hässliche Quadrate und Wohntürme aufgeteilt. Scheußliche Satellitenschüsseln würden aus den Wohntürmen wachsen und statt Entengequake,

Vogelgezirpe und Rasenmähern wäre nur noch das elektronische Piepen von Handys und sonstigem Elektrospielzeug zu hören. Die Bäume würden in Reih und Glied stehen wie Grabsteine und die Kinder müssten auf öden Spielplätzen mit Metallgestängen spielen statt in verwilderten Gärten, wo sie Hütten und Baumhäuser bauen konnten. Und überhaupt: Was sollte aus den Tieren werden und aus ihnen selbst? Für Tiere und Gartenzwerge wäre an einem solchen Ort kein Platz, höchstens im Käfig ...

Das durfte nicht sein! Niemals! Klaus und seine Brüder zauderten nicht lange. Sie fassten einen Plan. Der Plan war sehr modern und ziemlich genial. Sie planten einen Cyber-Angriff. So ein Cyber-Angriff findet im Internet statt. Damit kennen Gartenzwerge sich nur mittelgut aus. Doch wozu hatten sie ihre fantastischen Gartengeräte? Mit ihren Schaufeln hackten sie sich in die Mini-Computer der Anzugmänner. Mit ihren Angelruten fischten sie die wichtigen Daten ab (das ist das Zeug, was da drinsteht). Den Rest löschten sie mit dem Wasser aus ihren Gießkannen. Tausende von Würmern gruben sie aus dem Kompost und fütterten damit die Notebooks und Smartphones der Eindringlinge. So ein Computer-Wurm ist nämlich sehr gefährlich für das, was im Computer wohnt. Für den hartnäckigsten der Anzugmänner, der immer noch nicht aufgeben wollte, hoben sie nächtens eine tiefe Grube aus, damit er hineinfiele und sich Anzug und Uhr mit Baggermatsch ruinierte. Als sie ihn eine Woche später ausbuddelten, war er zu nichts mehr zu gebrauchen. Zu fast nichts.

Heute steht er in Horsts Garten neben den Radieschen, die übrigens prächtig gedeihen, und gibt die merkwürdigste Vogel-

scheuche ab, die die Insel je gesehen hat. In seinem Zauselhaar
nistet ein Zaunkönigpärchen. Seine schicken Schuhe sind durch-
löchert und von Brennnesseln überwachsen und die bemoosten
Hosenbeine mit den Nadelstreifen krallen sich im Boden fest.

Aus der Tasche des Vogelscheuchenjackets wächst ein Büschel Radieschen und im vermoderten Smartphone wohnt eine Regenwurmfamilie mit vielen vielen Kindern.

Ihre idyllische Insel aber haben die Gartenzwerge gerettet.

Für sich und für alle anderen, denen sie lieb und teuer ist.

Vom Weltall in die Pfütze

»Leute, ein Wunder, ein Wunder! Die Planeten aus dem Planetarium sind auf unsere Festwiese gefallen!«

»Ist nicht wahr!«

Wie ein Lauffeuer verbreitete sich die außergewöhnliche Nachricht unter den Skulpturen im Hamburger Stadtpark. Alles, was Beine hatte, sprang von seinem Sockel oder Podest und rannte mitten in der Nacht zur riesigen Festwiese, um zu gucken, was da los war. Planeten im Stadtpark? Wie kamen denn die da hin?

Wie sich zeigte, war das Wunder kein Wunder, sondern eine Art Betriebsunfall: Das Planetarium am nordwestlichen Ende der Wiese, wo man an einer riesigen künstlichen Himmelskuppel das Weltall bestaunen kann, war nicht mehr ganz dicht. Es war übergelaufen und hatte sämtliche Planeten unseres Sonnensystems nach draußen an die frische Luft gespült. Nur die Sonne war im Treppenhaus stecken geblieben.

Aber wie zum Teufel kann ein Planetarium überlaufen?

In Hamburg geht das. Dort befindet sich das Planetarium nämlich an einem ganz und gar ungewöhnlichen Ort: in einem ehemaligen Wasserturm. Vor über hundert Jahren sollte dieser Wasserturm einen Teil der Stadt mit Wasser versorgen statt mit Planeten. Leider funktionierte das nicht, wie es sollte, und so drehte man ihm nach kurzer Zeit das Wasser ab. Der elegante Turm wurde umgebaut und seit damals wohnen die Planeten darin, zusammen mit sämtlichen Kugeln, Spiralnebeln und Sternbildern, die im All herumsausen.

Doch was niemand bemerkte: Beim Abschalten hatten die Ingenieure wohl einen Fehler gemacht. Sie hatten ein Ventil nicht ordentlich zugedreht und jahrzehntelang war durch eine alte Leitung Wasser in den Wassertank über dem Kuppelsaal mit den Planeten getröpfelt. Nun war der Tank voll bis zum Rand und konnte nicht anders als überlaufen.

Die unglaublichen Wassermassen, die plötzlich durch den Turm rauschten, rissen die Planeten aus dem Planetarium mit sich fort. Merkur, Venus, Erde, Mars, Jupiter, Saturn, Uranus, Neptun und Pluto, kurz, alles, was sonst in Umlaufbahnen um unsere Sonne fliegt, fand sich unvermittelt auf dem Rasen des Stadtparks wieder.

Ratlos kullerten die Planeten durcheinander und wunderten sich, dass das Weltall plötzlich ganz grün war, ziemlich nass und am Bauch kitzelte.

Die sechs bronzenen Pinguine vom Pinguinbrunnen, die für gewöhnlich in einer Parkecke auf dem Rand ihres Brunnens sitzen und in Diskussionen über Gott und die Welt vertieft sind, bekamen als Erste Wind von der Sache. Denn einer von ihnen, Ping-Georg, vertrat sich gerade auf der Wiese ein bisschen die Füße, als plötzlich die Planeten über die Außentreppe des Planetariums dotzten und ihm zusammen mit einer kleinen Flutwelle vor die Flossen schwappten. »Hoppala!«, sagte er. »Überschwemmung.«

»Ach, halt die Klappe!«, sprach der Mars, dem auf der Treppe einer seiner Vulkane abgebrochen war. Da begriff Ping-Georg, dass diese komischen Schwimm-Kugeln keine gewöhnlichen Wasserbälle waren.

»Kinners!«, schrie er durch den Park, »kommt schnell her. Der Himmel ist auf die Erde gefallen. Genau vor meine Füße.« Und schon rannten seine Kumpels los. Als die Pinguinmeute mit Karacho bei der pitschnassen Festwiese ankam, glitschten sie aus, schlitterten ein Stück übers Gras und endeten in einem wilden Haufen aus Schnäbeln und Plattfüßen mitten zwischen den Planeten. Majestätisch dagegen lagen die Planetenkugeln im Mondlicht, wenn auch in einer enormen Pfütze und nicht in der gewohnten Ordnung.

Auch alle anderen Skulpturen des Stadtparks waren herbeigeeilt und bestaunten die Besucher aus dem All. Da hinten stand die Jagdgöttin Diana mit ihren Windhunden. In einem Gebüsch versteckte sich der schüchterne Affe aus Stein, der sonst nie aus seiner Hocke kam, und mitten auf der Wiese lag mit schnuppernd erhobener Nase der bronzene Hund.

»Guckt mal, der Dicke mit dem dreckigen Griff dran bewegt sich.« Aufgeregt zeigte Ping-Gottlieb auf eine besonders dicke Planetenkugel mit einer Art Ring um den Bauch. Der Saturn blickte pikiert.

»Was sind das denn für Komiker?« Die Venus zog eine Augenbraue hoch. »Wissen die überhaupt, wen sie vor sich haben?« Sie drehte ein paar rasend schnelle Pirouetten wie eine Eiskunstläuferin, sodass die Wassertropfen, die an ihrer Oberfläche klebten, in die Nacht flohen.

»Sind eben bloß Erdlinge, was kann man da schon erwarten!«, dröhnte Jupiter mit Bassstimme und blickte sich suchend nach seinen neunundsiebzig Monden um, die völlig durcheinandergeraten waren.

»Wie bitte? ›Bloß Erdlinge‹? Das kann ich keinesfalls auf mir sitzen lassen, mein Lieber, auch wenn *ich* nur einen einzigen Mond habe!« Die blaue Erden-Kugel – sie war die schönste von allen – rollte mit ihrem Mond im Schlepptau auf den furchteinflößenden Jupiter zu und funkelte ihn wütend an. Ihr Mond war immerhin noch da, wo er hingehörte. Doch dummerweise blieb sie an etwas hängen. »Aua, autsch, verdammt noch mal!«

So ein Schiet aber auch. Sie hatte sich eine braune Bierflaschenscherbe, die irgendwer auf der Festwiese zerdeppert und liegen gelassen hatte, in ihren australischen Kontinent gerammt. Mit schmerzverzerrtem Gesicht hielt sich die Erde den Allerwertesten und blickte missmutig auf die Chipstüten, Grillkohlen, Plastikverpackungen und all die angebissenen Würstchen mit Ketch und Mayo, die auf der Wiese herumlagen. »Wie sieht das hier überhaupt aus? Wurde Zeit, dass ich mir diesen Müllhaufen mal von Nahem ansehe. Wie gehen die hier eigentlich mit mir um?«

»Sag' ich doch«, raunzte Jupiter.

»Mies«, piepste Ping-Theo. »Leider. Das geht uns Pinguinen genauso. Im Becken von unserem Brunnen schwimmen Gummibärchen, Strohhalme und Limonadendosen. Manchmal sogar benutzte Pflaster und Übleres.«

»Und wir werden auch ständig geklaut«, fügte Ping-Günther hinzu. »Ich bin zum Beispiel nur eine Kopie von mir.«

»Ich bin auch nur eine Kopie von mir«, seufzte die Erde. »Aber wenn ich mir das hier so anschaue, dann stinkt's mir, als sei ich das Original.«

»Weißt du was?«, sagte Merkur, der kleine Planet, der sonst am dichtesten um die Sonne flog, »schieß doch deine Erdlinge einfach auf den Mond. Da ist eh nix los.«

»Nein, danke!« sagte der Erdenmond und hopste aus Protest auf der Stelle. »Ein paar von denen waren schon da und haben auch nur Müll hinterlassen. Nur ihr Raumschiff haben sie wieder mitgenommen.«

»Klar, sonst wär'n sie ja immer noch da.«

»Außerdem bin ich zu klein für alle«, motzte der Erdenmond.

»Dann schießt sie doch auf die Jupitermonde«, sagte Ping-Georg neunmalklug. »Die vier größten bieten garantiert genug Platz. Einer von denen heißt sogar Europa.«

Als sie das hörten, sahen die Jupitermonde einander alarmiert an. Wie auf Kommando machten sie sich klammheimlich aus dem Staub. Sie versteckten sich im Stadtpark hinter Büschen und Bäumen, in Erdkuhlen und unter den Ruderbooten bei der Liebesinsel. Ein paar tauchten im Stadtparksee unter und der allerkleinste liegt im Modellbootbecken und tut so, als sei er eine Kugelboje. In klaren Mondnächten bekommen sie regelmäßig Besuch von Ping-Georg und seinen Freunden vom Pinguinbrunnen.

Die Erdlinge aber blieben, wo sie waren: auf der Erde, wo sie weiterhin jede Menge Dreck machen.

In tödlicher Mission: Ignaz fatal

Ignaz war klein. So winzig klein, dass man ihn mit bloßem Auge nicht sehen konnte. Man hätte ein Mikroskop gebraucht, um ihn an seinem Wohnort aufzuspüren, doch das war zu Ignaz' Lebzeiten noch nicht erfunden. Ignaz wohnte am Rand eines feuchten Eimers, den Familie Petersen aus dem Hamburger Gängeviertel für gewisse unvermeidliche Bedürfnisse nutzte. Toiletten mit Wasserspülung gab es dort nämlich noch nicht. Sobald der Eimer seinen unappetitlichen Zweck erfüllt hatte, kippten die Petersens den müffelnden Inhalt einfach durch ein Rohr ins nächste Fleet. Und den quicklebendigen Ignaz kippten sie mit aus, obwohl er noch versucht hatte, sich am Henkel festzukrallen.

Einerseits war Ignaz ganz froh, von den Petersens wegzukommen. Dreckig war es bei ihnen, eng, dunkel und laut. Den ganzen Tag über war es ein Keifen und Streiten, dass Ignaz sich Ohren gewünscht hätte: zum Zuhalten. Andererseits war es doch recht komfortabel bei ihnen gewesen, jedenfalls für einen wie ihn.

Ohren hatte Ignaz keine, auch keine superwinzigen, aber schwimmen konnte er gut. In der Elbe zum Beispiel fühlte er sich wie ein Fisch im Wasser. Bloß: Er kam nicht weit. Kaum fünfzig Meter war er gemütlich im brackigen Fleetwasser gedümpelt, da knallte ihm ein hölzernes Gefäß mit Seil dran vor die Nase, das ihn zusammen mit fünf Litern Wasser wieder nach oben an Land zog. Mitten in eine andere Gängeviertel-Familie, wo es dicke Erbsensuppe zum Essen geben sollte. Mit Ignaz drin. Aber ihn sah natürlich wieder keiner.

Und so ging es fort. Ständig flog Ignaz irgendwo raus und anderswo wieder rein, wobei er immer mal wieder den Umweg über die Mägen der Menschen nahm, weil sie mit dem gleichen Wasser kochten, in das sie ihren Müll kippten. Dabei bekam Ignaz ihnen nicht gut. Meist bekam er ihnen sogar ausgesprochen schlecht, wenn sie ihm begegnet waren, ohne etwas von seiner Anwesenheit zu ahnen. Sie mussten spucken, bis sie innen ganz leer waren, und kamen von ihrem Eimer gar nicht mehr herunter. Auf diese Weise verloren sie viel Flüssigkeit und andere Dinge, die lebenswichtig sind für den menschlichen Körper. Alles wegen Ignaz.

Ignaz war nämlich nicht irgendwer. Ignaz war ein Bakterium. Ein Bakterium ist ein winzig kleines Biest von einem Lebewesen. Die meisten dieser kleinen Biester sind harmlos und viele von ihnen braucht der Mensch sogar zum Leben. Doch Ignaz war kein bisschen harmlos. Er war auch nicht irgendein stinknormales kleines Biest: Ignaz war ein Cholerabakterium. Ein Cholerabakterium ist ein gefährliches Monster, das in Nullkommanix die Menschen befallen und sogar zum Tod verurteilen kann.

Genau das tat Ignaz tagaus, tagein – und war sich dabei keiner Schuld bewusst. Wieso auch, tödlich zu sein war seine Natur. Schließlich konnte er nichts dafür, wenn die Menschen aus Dreckbrühe Suppe kochten. Außerdem war Ignaz nicht der Einzige seiner Art; im Wasser der Fleete und der Elbe wimmelte es von solchen wie ihm. Von den Schuldts bis zu den Hansens, von den Christiansens bis zu den Groths, überall in Hamburg hinterließen er und seinesgleichen eine Spur der Verwüstung. 1822 brachten sie zum ersten Mal die Cholera in die Stadt und ganz besonders übel trieben sie es siebzig Jahre später. 1892 erkrankten 17.000 Menschen. Die Hälfte von ihnen starb, die meisten im engen und dicht bewohnten Gängeviertel.

Überhaupt war das Hamburger Gängeviertel ein Ort, den die feineren Hamburger, die in größeren Häusern mit viel weniger Lärm, Dreck und Gestank wohnten, niemals betreten hätten. Jedenfalls nicht freiwillig, denn auch ohne Ignaz und seine Kollegen fanden sie es dort ziemlich mörderisch. Es roch nach Armut. Und wie leicht konnte man in diesem Labyrinth aus Gängen und Gassen von dunklen Gestalten überfallen werden. Weder Fuhrwerke noch Karren passten durch die düsteren Gässchen und schmalen Torbögen zwischen den mehrstöckigen Fachwerkhäusern. Nur Ignaz und seine Kollegen, die kamen durch, denn erstens waren sie unsichtbar und zweitens nahmen sie den Weg übers Wasser.

Selbst dann noch, als ab 1842, nach dem großen Brand, der geniale britische Ingenieur William Lindley der Stadt Hamburg nicht nur neue Wasserleitungen bescherte, sondern vor allem unterirdische Abwasserkanäle. Siele nannte man sie und dort hinein wurde nun das Schmutzwasser geleitet, um es von dem Wasser zu trennen, das die Menschen tranken. Der Zeitpunkt für den Bau war günstig, denn nach dem großen Brand war die Innenstadt ziemlich kaputt und nichts stand beim Buddeln der Siele im Weg.

Das Wasser selbst wurde aus der Elbe in die Leitungen gepumpt. Dabei konnte es vorkommen, dass mit dem bräunlichen Elbwasser auch der eine oder andere Wurm oder Aal ins Haus geriet. »Aale, Aale frisch aus Willis Wasserleitung«, so spotteten einst die Hamburger Fischhändler, wenn sie ihre fast noch lebendige Ware anpriesen. Wer aber auch wieder fröhlich mit im Elbwasser schwamm, ohne dass die Hamburger es bemerkten, das waren Ignaz und seine Kumpels. Denn unglücklicherweise wurde das zuvor vom Trinkwasser getrennte Abwasser schon bei den Landungsbrücken – also mitten in der Stadt – zurück in die Elbe geleitet. Bevor es als Trinkwasser erneut in die Leitungen gepumpt wurde – also nicht wirksam gereinigt. Eine solche Reinigungsanlage erschien den Hamburgern damals als zu teuer. Über 8000 von ihnen mussten diese Sparsamkeit mit ihrem Leben bezahlen.

Aber damit sollte nach 1892 Schluss sein. Die Menschen hatten dazugelernt. Und sie hatten inzwischen Ignaz und seine Brüder in ihrem Trinkwasser entdeckt und beschlossen, sie auf dem Weg in ihre Bäuche abzufangen. Ein Jahr nach der schrecklichsten aller Hamburger Choleraepidemien wurde endlich die Anlage gebaut, die das Wasser reinigen sollte. In Zukunft sollte sie das Trinkwasser mit Sand filtern. Kaum hatte die Zukunft angefangen, bekam Nepomuk sie zu spüren.

Nepomuk war ein Nachfahre von Ignaz – auch der war inzwischen tot – und als Nepomuk sich klammheimlich aufmachte, mal wieder das Trinkwasser zu verseuchen, blieb er plötzlich stecken. »Hey, was iss… da… d…nn?«, begann er zu schimpfen, doch ihm versagte bereits die Stimme. So sehr er auch zappelte, der Sand in den 22 neuen Filterbecken der Elbinsel Kaltehofe wirkte wie ein feinmaschiges Gitter. Nur ohne Stäbe. Schon im dritten Becken blieben Nepomuk und seine Kumpane kopfüber hängen und kamen nicht mehr raus. Nach ein paar Tagen verstarben sie in ihrem nassen Grab und nie wieder konnten sie den Hamburgern etwas anhaben.

Die Zeiten von MacDonalds, Doppel-Whoppern, Currywurst und Fritten rotweiß haben sie nicht mehr erlebt. Doch auch heute ist das Trinkwasser wieder in Gefahr. Durch neue winzige Biester, die ebenso gemeingefährlich sind wie Ignaz, Nepomuk und ihre Brüder. »Nano« heißen sie, aus Plastik sind sie und die Menschen haben sie in ihren Creme- und Shampoofabriken selbst erfunden. Am Ende landen auch die Nanos immer im Wasser und in den Bäuchen von Mensch und Tier. Sehr ungesund.

Aber das ist eine andere Geschichte …

Trude dreht durch

In Hamburg steht ein Riesenrad. Auf den harmlosen Namen Trude hört es. Dabei ist es ein Monster aus Stahl, das nichts mit Rummelplatz oder dem Hamburger Dom zu tun hat. Trude dreht sich nicht in den Lüften, sondern ist dafür geschaffen, sich durch Erde, Sand und Schlick zu wühlen, Baumstämme zu kauen, Steine und sogar Felsbrocken zu zerbeißen. Wenn man sie lässt. Doch, ach, man lässt Trude nicht mehr. Nach zweieinhalb arbeitsreichen Jahren unter der Erde hatte es sich ausge-trude-lt in Hamburg. Sobald die vierte Röhre des neuen Hamburger Elbtunnels fertig gebaut war – das ist der mit der Autobahn drin –, hat man den damals größten Tunnelbohrer der Erde sauber geputzt, frisch geölt und sein Schneidrad für immer vor einem Museum geparkt. Dieses Stück T.R.U.D.E. – der Name kommt von »tief runter unter die Elbe« – steht heute als Industriedenkmal vorm *Museum der Arbeit* in Barmbek.

Irgendwie passt Trude da hin. Aber tatenlos vor einem Museum herumzustehen, passt ihr ganz und gar nicht: Ausrangiert hat man sie, zum alten Eisen geworfen – und das, nachdem sie sich unter der Elbe hindurchgewühlt und dabei 400 000 Kubikmeter Sand und Geröll gefressen hatte, damit Hamburg nicht abgehängt würde vom Rest der Welt. Was wären die Stadt und ihre Bewohner ohne Trude? Ein Dorf hinterm Mond! Tiefste Provinz! Erreichen könnte man sie nur per Schiff oder teurem Flieger, jedenfalls aus Richtung Süden, weil dort die Seeschlange namens Elbe im Weg liegt. Oder es ginge im Schneckentempo durch die ewig verstopften drei Tunnelröhren, die es vor Trude gab.

»Undankbares Pack«, dachte Trude an guten Tagen, »ich will sterben« an den schlechten, an denen sie manches Mal rostige Tränen weinte. Nach zwei einsamen Jahrzehnten vorm Museum drohte Trude in sich zusammenzusacken vor Kummer und Frust. Nur die regelmäßigen Besuche von Paul – das ist der Junge, der ihr damals als Zehnjähriger ihren Namen gab – hatten sie all die Jahre aufrecht gehalten.

Doch während Trude schrumpfte, wurde Paul groß und lebte im Kreis seiner Familie. Deshalb hatte er nicht mehr so viel Zeit wie früher und kam seltener. Eines Tages hörten seine Besuche ganz auf – Trude hätte sich am liebsten ihr eigenes Loch gebuddelt, um für immer darin zu verschwinden. Dabei kam ihr ein Gedanke in die Quere: Paul. Bevor sie sich davonmachte, würde sie Paul suchen, um Tschüss zu sagen. Paul lebte noch in Hamburg, zwar auf der anderen Elbseite in Finkenwerder, doch für eine wie Trude war das kein Problem. Immerhin hatte sie sich 3000 Meter unter der Elbe durchgebohrt, wo fette Findlinge und jede Menge Geröll im Weg lagen. Da wäre das oberirdische Finkenwerder, in dem höchstens mal eine Ampel dumm herumstand, doch ein Klacks. Auf Hamburgs Straßen würde sie mit ihren 14,20 Metern Durchmesser rasend schnell vorankommen. Einfach rollen statt bohren und sich bei der Gelegenheit die Stadt anschauen. Auf der Stelle ging es Trude besser. In einer lauen Juninacht sprang sie von ihrem Sockel und rollte los. Richtung Elbtunnel. Wie sie

sich darauf freute, den Tunnel wiederzusehen und mit Schwung hindurchzusausen, statt sich Zentimeter für Zentimeter voranzukämpfen.

Sie nahm den Radweg entlang der Außenalster, querte den Rathausmarkt und bog an den Landungsbrücken Richtung Autobahn A7 ab, die direkt in den Tunnel führt. Dort angekommen erkannte Trude sofort: Die Tunneleinfahrt war zu eng für sie. Obwohl sie den Tunnel selbst gebohrt hatte, würde sie nicht mehr hindurchpassen, denn inzwischen waren die Wände mit Beton ausgekleidet. Von der Decke hingen Schilder und Lampen und von unten war die Fahrbahn im Weg. Einen klitzekleinen Augenblick zögerte Trude. Wie es wohl wäre, trotzdem durch die unterelbische Röhre zu donnern und ihr eigenes Werk niederzureißen?

Kein schöner Gedanke, eine Dummheit wäre es. Sechs Meter Bohren am Tag hatte sie damals geschafft. Fast tausend Tage lang. Eine unerhörte Plackerei war das gewesen. Und nun innerhalb einer Viertelstunde alles zerstören, weil sie wütend war? Besser nicht. Trude machte kehrt und beschloss, den Weg über die steile Köhlbrandbrücke zu nehmen, solange die noch stand. Die Köhlbrandbrücke sollte nämlich durch eine neue höhere Brücke über die Elbe ersetzt werden, weil die Riesenschiffe von heute nicht mehr unter ihr durchpassen.

Mit ordentlich Anlauf schaffte Trude es den hohen Brückenbogen hinauf, von wo sie zum ersten Mal die Elbe von oben sehen konnte. Doch viel Zeit, um die Aussicht zu bewundern, blieb ihr nicht. Kaum war sie über den höchsten Punkt hinweg, geschah etwas Schlimmes: Trude konnte nicht mehr bremsen. Mit ihren 380 Tonnen Gewicht raste sie die Brücke auf der anderen Seite hinab. Schneller und schneller wurde sie. Alles, was um diese Uhrzeit schon oder noch unterwegs war, sprang zur Seite, als sie heranschoss und sich in die Kurve legte, um ihr Ziel im Auge zu behalten. Urplötzlich aber war Schluss mit der wilden Schussfahrt. Etwas Viereckiges stand im Weg. Etwas Viereckiges, das nicht mal eben zur Seite springen konnte. Das Viereckige war die Garage in Pauls Garten. Mit Auto drin.

So eine Garage war für Trude natürlich eine Kleinigkeit. Und das Auto darin erst recht. Als sie darüber hinwegrollte, oder besser gesagt: mitten hindurch, zerlegte Trude Pauls Garage samt Familien-Kombi der Länge nach in zwei Teile. Im Blech des ehemaligen Autos konnte man gut die gezackte Linie ihrer Schneidzähne erkennen. Trudes Schwung wurde durch die Kollision allerdings kaum gebremst. Mit Karacho schoss sie auf Pauls Küche zu, als plötzlich ein Schrei die Luft zerschnitt. »Mensch, Trude, erkennst du mich etwa nicht mehr?« Vor ihr stand Paul mit einem brüllenden Kleinkind auf dem Arm und einem etwas größeren an der Hand.

»Hä?« Trude verstand gar nichts mehr. Was war denn jetzt

los? Gerade hatte sie doch Pauls Auto in einen Schrotthaufen ver-
wandelt und nun sah hier alles total heil aus und kam ihr ziemlich bekannt vor: das Museum aus rotem Backstein, die Häuser
gegenüber, der Blick auf den Osterbekkanal mit dem alten blauen
Hafenkran davor ...

Da begriff sie es. Keinen Zentimeter hatte sie sich von ihrem
Sockel herunter bewegt. Alles war nur ein Traum gewesen. Alles
bis auf Paul. Der stand leibhaftig mit seinen Jungs vor ihr, tätschelte einen ihrer gewaltigen Bolzen und erklärte den beiden alles über seine Trude. In diesem Augenblick rollte dann doch noch
etwas los. Es war feucht und ein bisschen salzig und tropfte rostig
von Trudes Wangen in den Sand ...

Dixon aus Saint Louis

Nico wälzte sich im Bett und versuchte zu schlafen. Aber es klappte nicht. Vielleicht lag es daran, dass es gar nicht *sein* Bett war, in dem er sich wälzte. Dieses hier stand in einem riesigen Saal und war aus Metall mit komischen Kissen darauf und alten Koffern als Nachttisch. Nico boxte sein klumpiges Kopfkissen zurecht. Rechts und links von ihm lagen die anderen Kinder aus seiner Klasse in ebensolchen Betten auf ebensolchen Kissen und schienen tief und fest zu schnorcheln.

Nico kniff die Augen zu und dachte an sein Bett zuhause mit dem kuschelig weichen Kissen. Und an seine Mama. Ob sie ihn wohl vermisste?

»Na, kannste nicht einschlafen?«, ertönte plötzlich direkt vor ihm eine Stimme. Seine Mama war das nicht! Nico riss die Augen auf. Unmittelbar vor seiner Nase sah er im Mondlicht eine Maus auf ihren Hinterbeinen hopsen. Die Maus hatte eine blaue Pudelmütze auf dem Kopf und rote Gummistiefel mit weißen Sternen an den Füßen. Dazwischen trug sie einen Pullover mit dem Muster der amerikanischen Nationalflagge, blau und rot mit weißen Streifen und Sternen. Der Pulli war ihr viel zu groß.

»W–w–wer bist du denn?«

»Dixon«, stellte die Maus sich vor. »Aus New York. Beziehungsweise Saint Louis. Das ist so ähnlich wie Sankt Pauli«, setzte Dixon hinzu, als er das Fragezeichen in Nicos Gesicht sah.

»Sankt Pauli, der Fußballclub?«

»Quatsch«, sagte Dixon, »der Stadtteil.«

»Äh … und wie kommst du aus Sankt Pauli, ähm, Saint Louis, hierher?«

»Menno« – eigentlich klang es wie ›oh mään‹ – »ausgewandert natürlich«, sagte Dixon. »Per Schiff. Den Mississippi runter und über die Hamburg-Amerika-Linie nach Hamburg.« Er rümpfte die Nase. »Ihr wart doch heute den ganzen Tag im Auswanderermuseum. Da müsstest du doch kapiert haben, wie das funktioniert mit dem Auswandern.«

»Jaaa schon«, sagte Nico. »Aber du bist eine Maus!«

»Na und?« Dixon klang leicht beleidigt. »Wieso sollten Mäuse nicht auswandern können? Wir sind viel kleiner als ihr und kommen viel leichter auf ein Schiff.« Das leuchtete Nico ein.

»Aber das mit dem Auswandern war vor über hundertzwanzig Jahren«, sagte er. »Haben sie uns jedenfalls im Museum erklärt. Du willst mir ja wohl nicht erzählen, dass du über hundertzwanzig Jahre alt bist.« Triumphierend setzte Nico sich auf der dünnen Matratze auf und stützte sich auf den Ellbogen. »Außerdem bist du falschrum ausgewandert.«

»Falschrum? Wie ›falschrum‹?«

»Na, alle anderen sind von Hamburg nach Amerika gefahren.«

»So what?« (Das ist Englisch und heißt ›na und?‹.) Dixon klang jetzt noch beleidigter. »Das war mein Ururururururururururururururgroßvater Larry, der damals ausgewandert ist. Mään!«, fügte er hinzu, wie um zu beweisen, dass er die Sprache seines Ururururur…großvaters noch beherrschte.

»Aha!«, sagte Nico. »Du selbst warst also nie auf dem Mississippi.« Dixon überging diese Frechheit.

»Falschrum auswandern gibt's gar nicht«, verkündete er. »Jeder kann schließlich selbst entscheiden, wo er hin will.«

»Und deine Familie wollte nach Hamburg?«, fragte Nico.

»Na ja«, gab Dixon zu, »das war eher ein Versehen.«

»Ein Versehen? Ihr seid aus Versehen ausgewandert?«

»Die Kornnattern zuhause in Missouri gingen uns auf die Nerven«, sagte Dixon kleinlaut. »Und weiter südlich, in den Sümpfen
des Mississippi, gab's Krokodile. Auch nicht angenehm.«

»Also«, fasste Nico zusammen. »Hinter deinem Ururururur-
urur…großvater Larry war ein Krokodil her und da ist er mal
eben fix nach Europa abgehauen.«

»Er und Grandgrandgrand…ma Sally haben sich in einer Kis-
te mit Baumwolle versteckt. Die ging von Saint Louis nach New
York. Dort wurde sie umgeladen auf so ein Auswandererschiff,
das zurückfuhr nach Hamburg.«

»Oooookay«, sagte Nico. »Und wie kommst du nun hier in
die BallinStadt?« So hieß das Auswanderermuseum auf der Ham-

burger Elbinsel Veddel mit richtigem Namen, nach dem Mann, der das Geschäft mit dem Auswandern erfunden hatte. In seinem Schlafsaal übernachtete heute Nicos Schulklasse, damit sie lernten, wie Auswandern sich anfühlt. So, dass man nicht schlafen kann, fühlte es sich an, fand Nico.

»Geschwommen bin ich, logo«, sagte Dixon. »Bis dahin hab' ich eine Insel weiter in Wilhelmsburg gewohnt, aber als ich mitkriegte, dass sie extra für mich, also, ähm, für Grandgrandgrand...pa Larry und Grandgrandgrand...ma Sally, dieses Museum bauen, bin ich umgezogen.« Er guckte ziemlich übermütig. »Seither erzähle ich jede Nacht Rotzbengeln wie dir, die auf Klassenfahrt nicht schlafen können, die gleiche Geschichte.«

Damit stopfte Dixon sich einen halben Wrigley's-Kaugummistreifen in den Mund, hüpfte noch einmal über Nicos Bett und verschwand in die Nacht.

Mit einem Lächeln schlief Nico ein. Und wunderte sich nur ein bisschen, als er am nächsten Morgen mit einem halben Wrigley's Kaugummi in der klebrigen Hand aufwachte.

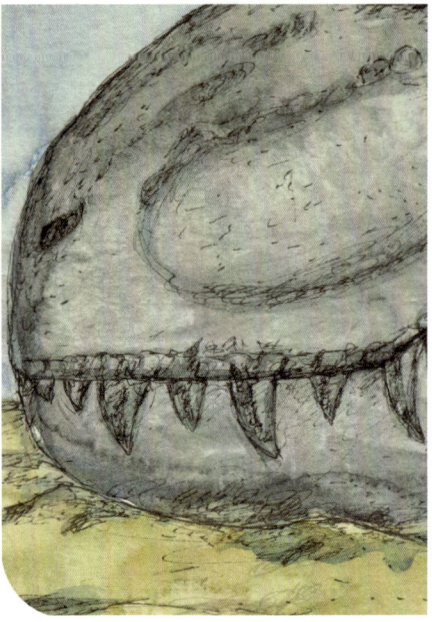

Alter Schwede

Am Elbstrand zwischen Teufelsbrück und Övelgönne liegt ein großer Stein. Ein sehr großer Stein. Es ist der größte Stein, der je in Hamburg gefunden wurde. Entdeckt hat man den Findling beim Ausbaggern der Elbe vorm Museumshafen Övelgönne. Er ist viele Millionen Jahre alt, 217 Tonnen schwer und dorthin geraten vor über 320 000 Jahren durch die Eiszeit. Neben dem Riesenstein liegt oft einer dieser kleinen Hunde, wie sie in Hamburg zurzeit modern sind. Der Hund ist ein Mops, blond, und hört auf den Namen Knülle. Oder er hört eben nicht.

An einem schönen Tag im Juni lag Knülle einmal mehr entspannt im Schatten seines Lieblingssteins, während sein Herrchen auf der anderen Seite mit lauter Musik auf den Ohren in der Sonne briet. Das Herrchen war einigermaßen glatt im Gesicht, doch Knülle besaß in seinem so viele Falten, dass sie eine Menge weicher Wellen schlugen. Vor allem wenn er den Kopf auf die Pfoten legte, so wie jetzt. An diesem Tag gerieten Knülles Falten plötzlich in Bewegung und seine Pfoten auch, obwohl er sich keinen Zentimeter gerührt hatte. Direkt unter ihnen bewegte sich etwas. Das Etwas wühlte und boxte sich an die Luft, bis es genau zwischen Knülles Pfoten den Kopf aus dem Sand streckte. Einen Kopf mit ellenlangem Schnabel dran. »Alter Schwede«, stöhnte es, »ich glaub', mir ist der Himmel auf den Kopf gefallen. Dunkelschwarz und tonnenschwer.«

Zu Tode erschrocken sprang Knülle auf und starrte das Etwas an, bis es sich vollständig aus dem Sand gewühlt hatte. Es sah aus wie ein kleines rosa Schwein mit Stummelflügeln. Der Schnabel schien zu einem ganz anderen Tier zu gehören. An seinem feucht glänzenden Körper klebten Reste von grün gesprenkelten Eierschalen. Das Ding stand auf zwei wackeligen Beinen und schüttelte sich, bis die Eierschalen in den Sand flogen. Ein solches Wesen hatte Knülle noch nie gesehen. »Mama?«, fragte es und blinzelte ihn an.

»Nee! Echt nicht«, sagte Knülle. »Ich leg keine Eier. Und wenn überhaupt, dann ›Papa‹.« Er rümpfte seine platte Nase. »Außerdem siehst du mir kein bisschen ähnlich.«

Das Etwas guckte ihn an. »Das hoff' ich doch«, sagte es. Und einen Tick leiser: »Du siehst aus, als wärst du mit dem Gesicht gegen die Wand gelaufen. Und deine Beine sind kürzer als mein Schnabel, sogar wenn man sie alle hintereinander legt.«

Du blöder Grünschnabel, dachte Knülle und tat so, als hätte er dessen Frechheiten nicht gehört. »Warum hast du mich geweckt?«

»Aus Versehen«, antwortete das geflügelte Schwein. »Du hast an der falschen Stelle gelegen.«

»Eher bist du an der falschen Stelle aus deinem Ei gekrochen. Was bist du überhaupt für einer?«

»Pterosaurus«, sagte das Wesen, hüpfte ein bisschen seitwärts und vorwärts und bemühte sich, seine Stummelflügel auseinanderzufalten. »Flugsaurier – falls du kein Latein sprichst. Scheißflügel!«, schimpfte es eine Sekunde später, als das mit dem Auseinanderfalten nicht klappen wollte.

»Und du?«, fragte es als Ablenkungsmanöver. »Was bist du?«

»Canis«, erwiderte Knülle so hochnäsig, wie das mit seiner eingedrückten Nase möglich war. »Hund – für den Fall, dass du kein Latein sprichst. Mops, um genau zu sein.« Er besah sich die Stummelflügel seines Gegenübers. »Sieht aber nicht nach Fliegen aus, was du da machst.«

»Ich bin ja auch noch keinen Tag alt. Das kommt noch, wenn ich groß bin.« Das Ptero-dingens machte ein paar tapsige Schritte. Es überragte Knülle bereits am ersten Tag seines Lebens um das Doppelte. »Wirst schon sehen.«

»Da bin ich gar nicht scharf drauf.« Knülle war der angebliche Flugsaurier schon jetzt ein paar Nummern zu groß und ein bisschen unheimlich außerdem. »Wie groß?«, fragte er trotzdem.

»Na, so groß wie meine Mama«, sagte das Schnabeltier und stupste mit seinem Schnabel den Findling an. »Mindestens.«

»Deine Mama?«

»Na, wenn *du* nicht meine Mama sein willst, dann ist das hier wohl meine Mama. Ist bloß leider total versteinert.« Das frisch geschlüpfte Etwas blinzelte dem Riesenstein zu, unter dem es sich hervorgekämpft hatte, aber der rührte sich nicht.

»Diesen Findling meinst du, aus der letzten Eiszeit?« Knülle musste schlucken. »Das soll deine Mama sein?«

»Siehst du vielleicht sonst noch eine?« Das Dingens hüpfte um den Stein herum, hackte ein bisschen hier und ein bisschen da und stolperte fast über Knülles Herrchen, das im Takt der Musik mit den Zehen wippte und mit dem Kopf zuckte und zum Glück nix mitbekam. »Das da ist sie jedenfalls nicht.« Es kickte mit dem Bein nach Knülles Herrchen.

»Nee«, sagte Knülle. »Das ist meine. Oder so was Ähnliches«, fügte er hinzu, als er den skeptischen Blick des Pterosaurus auffing. »Warum kommst du ausgerechnet heute aus deinem Ei gekrochen?«, wollte Knülle wissen.

»Keine Ahnung. Vielleicht, weil's so heiß ist heute wie seit zweihunderttausend Jahren nicht mehr.« Das ließ Knülle einfach mal so stehen, ebenso wie den kompletten Pterosaurus.

Kopfschüttelnd trottete er an diesem Abend nach Hause. Sachen gab's … Am nächsten Morgen glaubte er, er habe die Begegnung mit dem verrückten Urzeitviech nur geträumt. Und nach zwei Tagen hatte er sie ganz vergessen.

Jemand anderes hatte sie nicht vergessen.

Zwei Wochen später war Knülle wieder mit seinem Herrchen Richtung Elbufer unterwegs. Es nieselte, aber auch an Nieseltagen muss ein Mops natürlich Gassi gehen. Das Herrchen hatte wie immer zwei Knöpfe in den Ohren und guckte mürrisch aus der Wäsche. Knülle guckte froh. Er war zufrieden, dass er ab und zu das Bein heben konnte, das Wetter war ihm egal. Jedenfalls solange sein Herrchen nicht auf die Idee kam, ihm so ein bescheuertes Regenmäntelchen umzulegen, wie es manche seiner Artgenossen ertragen mussten.

Gerade waren Knülle und das Herrchen am hohen Augustinum-Klotz vorbei, dem noblen Hochhaus für alte Leute mit Geld, da legte sich ein tiefer Schatten über ihn. Ein noch tieferer Schatten als zuvor. Wo kam der denn auf einmal her? Das trübe Wetter machte doch alles schon dunkel genug. Knülle war noch dabei, sich zu wundern, da zischte plötzlich ein scharfer Wind an ihm längs, der ihn beinahe umwarf. »Bist du immer noch nicht gewachsen?«, fauchte eine Stimme, die wohl ein Flüstern sein sollte.

In Knülles Ohren klang sie wie Donnergrollen und er machte einen Satz, den man ihm nicht zugetraut hätte. Dann blickte er in die suppentellergroßen Augen des Pterosaurus. Fast hätte er ihn nicht erkannt, so gewaltig war sein Kopf geworden und so lang der Hals. Den Körper hatte das Viech im Hafenbecken des Övelgönner Museumshafens verborgen – nur der Rücken ragte heraus wie eine kleine Insel ohne Palme. Und sein Kopf mit einem meterlangen Schnabel dran hing über die Kaimauer entlang der schrägen Rampe, die ins Hafenbecken führte.

»Hey, spinnst du, mich so zu erschrecken!«, jaulte Knülle.

»Was willst du überhaupt noch hier? Du passt nicht in die Landschaft.«

»Genau das ist der Punkt«, sagte der Pterosaurus mit Panik in den Suppenteller-Augen. »Ich weiß nicht, wo ich hin soll. Hier ist alles so klein.« Eine fußballgroße Träne kullerte an seinem Schnabel entlang. »Mama kann mir auch nicht helfen«, schluchzte er los. »Ist immer noch versteinert.«

Knülle seufzte. »Okay«, sagte er, »dann muss wohl Papa ran.«

So kam es, dass ein kleiner Mops das Fliegen lernte. Knülle biss seine Leine durch und wickelte sie sorgfältig um den Schnabel des Pterosaurus. Der stieg aus dem Hafenbecken, nahm auf der Rampe Anlauf und erhob sich in die Lüfte – mit Knülle als zappelndem Fluggepäck.

Gemeinsam brachen sie auf in eine Zukunft voller unmöglicher Abenteuer.

Nur Knülles Herrchen hatte wie immer nichts mitbekommen. Die versteinerte Mama des Pterosaurus aber schien ihrem Jüngsten vom Elbufer aus zum Abschied zuzuzwinkern.

Das Mauso

Hamburg hat einen Friedhof, so groß wie ein ganzer Stadtteil. Ohlsdorfer Friedhof heißt er und viele Menschen haben dort ihre letzte Ruhe gefunden. Sie liegen in Familiengrüften begraben, zwischen Säulen und unter Torbögen, von schluchzenden steinernen Engeln bewacht oder unter schlichten Kreuzen in Reih und Glied wie die Soldaten, die viele von ihnen im Leben gewesen waren. Andere sind in kleinen Urnengräbern bestattet oder namenlos in einer baumumstandenen Wiese. Manch einer ruht gar im eigenen Mausoleum, einem reich verzierten Grabmal, groß wie ein Haus, wenn er im Leben wohlhabend oder berühmt war und sich ein Mausoleum leisten konnte. Doch ob Mausoleum oder Minigrab, eines haben alle Friedhofsbewohner gemeinsam: Sie sind auf jeden Fall mausetot.

Wer nun glaubt, der Ohlsdorfer Friedhof sei ein geisterhafter Ort, an dem man nur flüstern darf, der täuscht sich. Sehr sogar, denn er ist zugleich ein riesiger Park, mit gewaltigen Rhododendronbüschen, Teichanlagen und Brunnen, in dem es lebendiger zugeht als in der Stadt. Für das rege Leben auf dem Friedhof sorgen allerdings nicht die Leute, die ihre Toten besuchen kommen – die tauchen oft nur einmal oder zweimal im Jahr auf –, sondern die vielen Tiere, die auf dem Ohlsdorfer Friedhof zuhause sind.

Eichhörnchen jagen einander über die Gräber und verstecken ihre Nüsse zwischen Grabsteinen und Gießkannen. Kaninchen fressen die grünen Grabeinfassungen an oder auf und als besondere Leckerbissen die Blumen, die in großen Mengen die Gräber zieren. Maulwürfe buddeln sich überall drunter durch, wo kein Grabstein im Weg steht, und die vielen Vögel zwitschern, dass immerzu Gesang in der Luft liegt. Sogar Rehe werden inzwischen regelmäßig gesichtet. Am zahlreichsten vertreten aber sind die Mäuse. Zu Tausenden machen sie den Friedhof unsicher und am besten gefällt ihnen, dass es hier keine Katzen gibt. Höchstens mal eine tote, die heimlich neben Frauchen oder Herrchen begraben wurde.

An einem ganz normalen Donnerstag mit Hamburger Schietwetter allerdings passierte etwas, das den halben Friedhof in Aufruhr versetzte, so lautstark ging es vor sich. Auf der Suche nach einer neuen Unterkunft hatten eine Maus und ein Maulwurf den gleichen fantastischen Ort entdeckt: ein verwunschen gelegenes Mausoleum, umrankt von rosa-pinken Fairy- und Heckenrosen wie das Märchenschloss von Dornröschen.

Das Mausoleum war ein von Säulen getragener Rundbau mit Kuppeldach und einem eigenen Eingang. Es stand leer, das heißt, niemand war darin begraben, und es gefiel Maus wie Maulwurf so außerordentlich gut, dass sie darüber in heftigen Streit gerieten. Beide wollten mit ihren Familien auf der Stelle einziehen und keiner von ihnen war bereit, auch nur einen Fingerbreit beziehungsweise eine Krallebreit nachzugeben. Oder halbe-halbe zu machen und sich das Mausoleum zu teilen.

Die schluchzenden und tränenüberströmten steinernen Engel, die ganz in der Nähe ihre Gräber bewachten, hörten auf der Stelle auf zu heulen, als ihnen das Gezeter der beiden Streithammel um die Ohren flog. Ein Engel bekam vor Schreck sogar einen Schluckauf. »Was willst du unterirdischer Wicht überhaupt mit einem Mausoleum?«, hörten sie die Maus wüten. »Du wühlst sowieso nur den lieben langen Tag unter der Erde herum und machst im ganzen Park Haufen.«

»Genau«, antwortete der Maulwurf, »ich kann eben nicht anders. Das ist meine Natur. Aber auf dem Rasen werden meine hübschen Hügel immer wieder von den Friedhofsgärtnern plattgetreten. Neulich hat mir sogar einer von denen seinen Gummistiefel in den Rücken gerammt.« Er rieb mit seiner Schaufeltatze seinen Rücken, als täte es immer noch weh.

»Selbst schuld«, keifte die Maus. »Ich finde deine kackbraunen Berge mitten auf dem Rasen auch nicht toll. Erstens stehen sie im Weg und zweitens, von wegen ›hübsch‹: Ich hab' gehört, du bist vollkommen blind. Im Gegensatz zu uns siehst du die Dinger also gar nicht.« Sie schnaubte missbilligend. »Da frag' ich mich schon, wieso ausgerechnet du ins schönste Mausoleum der Welt einziehen solltest. Für dich und deine Sippe reicht ein muffiger Keller.«

»Muffiger Keller! Unverschämtheit!« Der Maulwurf gab nicht klein bei. »Wenn ich mein eigenes Mausoleum hätte, könnte ich darin so viele Erdhaufen auftürmen, wie ich will, und keiner sieht's und tritt mir auf den Kopf.«

»Sag mal, bist du nicht nur blind, sondern sitzt auch noch auf deinen Ohren?« Die Maus schrie so laut, dass manch Engel sich peinlich berührt die Ohren zuhielt. »Es heißt M-A-U-S-O-leum und nicht M-A-U-L-W-U-R-F-eum«, eiferte sie sich. »Da steckt die Maus schon im Wort drin.

Also ist es meins!« Sie stampfte mit dem kleinen Hinterbein auf, so fest sie konnte. »Nö, ist es nicht«, entgegnete der Maulwurf einfach nur, was die Maus erst recht auf die Palme brachte. Hin und her ging es, aber die zwei kamen zu keinem Ergebnis.

Wenn zwei sich streiten, freut sich der Dritte und der hieß Erich. Erich, ein Mann mit grauem Schnauz und einer Schwäche für gestreifte Hemden, hatte sich ebenso in das Mausoleum verliebt wie die vierbeinigen Streithähne. Zwar wohnte Erich schon in einem schönen Haus, auch plante er keineswegs, in nächster Zeit zu sterben, doch er war gern auf alles vorbereitet, was einem im Leben passieren kann. Dazu gehört nun einmal der Tod. Erich wollte schon zu Lebzeiten wissen, wo er einmal landen würde. Auch wollte er es dort auf jeden Fall nett haben. Ans Paradies, das angeblich auf ihn wartete, glaubte er nicht so richtig. Daher war er begeistert, als er bei einem Spaziergang über den Friedhof dieses wunderschöne und ein wenig verfallene Mausoleum bei Kapelle 9 entdeckte.

Herrlich würde es sich hier liegen, wenn er erst einmal das Zeitliche gesegnet hätte. Ein Weinregal würde er einbauen, damit er immer einen leckeren Tropfen zur Hand hätte, und all die guten Geister bewirten, die ihn in seinem Mausoleum besuchen kämen. Das täten sie nämlich bestimmt, da war Erich sicher. Er konnte sich keinen angenehmeren Ort für später denken als sein »Mauso«, wie er es fortan nannte. Tatsächlich erklärte sich die Friedhofsverwaltung einverstanden mit seinem Plan: Wenn er das verfallene Gemäuer auf eigene Kosten renovierte, dürfe er gern seine letzte Ruhestätte darin einrichten.

Super! Begeistert machte Erich sich ans Werk. Jedes Jahr an seinem Geburtstag feierte er von nun an dort eine kleine Party mit seinen Freunden, um ihnen zu zeigen, wie weit er mit dem Renovieren schon gekommen war. Das Weinregal hatte er als Erstes eingebaut und daneben stand ein mit grünem Samt bezogenes Sofa.

Die Maus und der Maulwurf hatten ihren Streit wohl oder übel beigelegt – das mit dem Mausoleum hatten sie gründlich vermasselt. Nach wenigen Jahren aber starb Erich tatsächlich, ohne dass sein Mausoleum fertig geworden wäre. Es gab noch das eine oder andere Loch in der Wand und die für den Boden gedachten Granitplatten lehnten gestapelt neben der Tür. Natürlich wurde Erich trotzdem in seinem »Mauso« beigesetzt. Alle Freunde kamen, weinten ein bisschen und tranken einen guten Tropfen auf ihn.

Kaum waren sie weg, kam die große Stunde der ehemaligen Streithähne. Mit Pauken und Trompeten zogen Maus und Maulwurf mit ihrer gesamten Sippschaft ins Mauso ein. Die Mäuse machten es sich in den Löchern im Mauerwerk gemütlich und die Maulwürfe schaufelten einen Hügel neben den anderen in die Erde. Sie kamen einander nicht in die Quere und nur selten gerieten sie sich wegen irgendwas in die Wolle. Ab und zu schaute ein Freund von Erich, seine Frau oder eines seiner Kinder mit einer Flasche Wein vorbei und setzte sich ein Weilchen aufs Sofa. Jedes Jahr an Erichs Todestag feierten Maus und Maulwurf um Mitternacht ein großes Fest.

»Prost, Erich«, riefen sie ihm beim letzten Tropfen Rotwein vom Sofa aus zu. »Auf dich!« Fast schien es, als lächelte Erich von seinem Bild an der Wand auf seine guten Geister hinunter.

Rutsch

»Boah, ist das lausig. Ich frier' mir den Popo ab. Kann mich vielleicht mal einer von hier retten, verdammt!« Als der junge Fischer Fiete die wütende Stimme vernahm, blickte er sich erstaunt um. Wo kam das denn her um diese Uhrzeit? Es war früh am Morgen und noch dunkel draußen. Fiete saß allein in seinem hölzernen Kahn und bemühte sich, etwas fürs Mittagessen zu angeln. Da sah er sie.

Mors abfrieren wäre in diesem Fall echt schade, dachte er und war ein kleines bisschen von den Socken. Auf einer dicken Eisscholle, die am Elbufer gestrandet war, saß mitten im Februar eine ziemlich schöne Meerjungfrau und versuchte, sich von ihrem Eisblock loszureißen. Fiete rollte seine Angel ein und ruderte Richtung Ufer.

»Wird Zeit, dass du kommst«, raunzte ihn die Nixe an. »Ich sitz' hier schon seit Stunden fest.«

»Wie kann ich dir …?« Helfen, hatte Fiete sagen wollen, aber da schimpfte die Nixe schon weiter.

»Guck dir das an, ich hab' mir schon vier von meinen Perlmuttschuppen abgerissen. Und meine Schwanzflosse friert auch gleich fest.« Das stimmte, die Schwanzflosse der Schönen baumelte von der Scholle ins eiskalte Wasser und bewegte sich kaum noch. »Was sind das überhaupt für dämliche scharfkantige Eiswürfel, die auf dem Wasser treiben? Da, wo ich herkomme, gibt's so was nicht.«

»W-w-wo kommst du denn her?«, fragte Fiete. So wie die hier hatte er sich Nixen nicht vorgestellt. Er hatte immer gedacht, die sagenhaften Meerjungfrauen, von denen Fischer und Seeleute erzählten, seien scheue zarte Wesen, die traurige Lieder aus der Tiefsee sangen und verträumt mit ihren Locken spielten. Und dass sie auf der Stelle untertauchen würden, sobald sie einen Menschen erblickten.

Die Eisnixe fuhr tatsächlich mit den Händen durch ihre Locken. Allerdings guckte sie eher wütend als verträumt, denn es knirschte dabei und Eissplitter bröselten aus ihrem zu Spiralnudeln erstarrten Haar. »Golfstrom«, sagte sie und rupfte an den Nudeln. »Vom Golfstrom komme ich. Kennst du nicht.«

»Klar kenn' ich den«, erwiderte Fiete. »Eine warme Strömung im atlantischen Meer, die von Südamerika Richtung England fließt.«

»England?«, sagte die Nixe. »Nie gehört. Aber hilfst du mir endlich runter von diesem Eisklotz? Wo bin ich hier überhaupt?«

»In Blankenese. An der Elbe. Bei Hamburg.«

»Kenn' ich auch nicht.« Ungeduldig zerrte die Meerjungfrau an ihrem Fischschwanz und riss sich zwei weitere Schuppen ab. »Boah, wenn das so weitergeht, bin ich bald nackig.« Sie fing an zu heulen. Nur weil Tränen salzig sind, froren sie nicht auf ihren Wangen zu Perlen fest. Fiete konnte es kaum mit ansehen.

»Warte hier«, sagte er. »Ich hab' eine Idee.«

»Warten? Super Idee«, schnaubte die Meerjungfrau. »Bleibt mir ja wohl nix anderes übrig.«

Eine Stunde später hing sie erschöpft mitsamt ihrer Eisscholle in einer Zinkwanne in Fietes Stube, schlürfte Pfefferminztee und taute auf. Von innen und von außen. Ihre Haare waren nicht mehr gefroren, sondern sahen jetzt aus wie glitschiger Seetang. Vorsichtig goss Fiete immer wieder warmes Wasser nach, das er auf dem Herd erhitzt hatte. Mit ein bisschen Salz. Schließlich kam die junge Dame mit dem Fischschwanz aus dem Ozean.

Der Tee schien seiner Nixe gut zu tun und sie etwas gnädiger zu stimmen. »Ich bin wohl eingeschlafen im Golfstrom«, erklärte sie, »und dann im Schlaf in die falsche Richtung getrieben. Nach Blankensee.«

»Blankenese«, korrigierte Fiete. »Blankensee liegt bei Lübeck.«

»Lübeck! Meinetwegen«, flüsterte die Meerjungfrau. Dann fielen ihr die Augen zu. Fiete deckte sie mit lauwarmem Wasser zu und passte auf sie auf, bis sie nach vielen Stunden die Augen wieder aufschlug. Sie waren hellgrün, wie er feststellte, und strahlten ihn an. »Danke«, sagte die Meerjungfrau. Damit hatte Fiete gar nicht mehr gerechnet.

Schweigend frühstückten sie zusammen, eigentlich war es mehr spätstücken, denn es dunkelte bereits draußen. »Und wie komm ich jetzt zurück nach Hause?«, fragte die Meerjungfrau. Sie hatte einen Blick hinausgeworfen und entsetzt festgestellt, dass sie sich am oberen Ende einer sehr langen gepflasterten Treppe befand. Auf einer Art Berg.

»Mach dir keine Sorgen«, sagte Fiete. »Wir rutschen zusammen die Stufen runter.«

»Rutschen? Aber dabei kleb ich doch wieder fest.« Ängstlich betrachtete die Nixe den steilen Abhang, auf dem sich in der Kälte

Glatteis zu bilden begann. »Tust du nicht, ich pass' schon auf«, sagte Fiete, der bereits einen Plan hatte.

Er wartete bis die Elbe Hochwasser führte und setzte die Nixe zurück in seine Zinkwanne. Dann riss er den Ärmel eines alten Fischerhemds ab und band ihr damit die Augen zu, obwohl sie zeterte, als wollte er sie zu Fischstäbchen verarbeiten. Die Wanne schob er zur Eingangstür und griff sich den langen dicken Holzstab, der draußen an der Hauswand lehnte.

Vor der Wanne ging Fiete in die Hocke, stieß sich mit dem Stab ab und nutzte ihn zum Steuern des seltsamen Gefährts, mit dem sie zusammen den Abhang hinuntersausten. Mit Schwung flogen sie über die Schollen am Ufer hinweg und landeten mit einem Platsch im Elbwasser. Die Nixe glitt aus der Wanne, hauchte Fiete einen feucht-salzigen Kuss auf die Wange und tauchte in die Elbe, dorthin, wo es keine Eisschollen gab. In der Wanne blieb von ihr nur der abgerissene Ärmel zurück. Und eine perlmutt schimmernde Schuppe, die Fiete fortan hütete wie seinen größten Schatz.

Jedes Jahr im Sommer kehrte seine Nixe für ein paar Tage an die Elbe zurück. Und jeden Abend, wenn es dunkel war, robbte sie zu Fiete nach oben und saß mit ihm bis zum Morgengrauen auf der Bank vor seinem Haus. Das tat sie, bis Fiete alt und grau war und die vielen Treppenstufen sehr glatt und abgewetzt, sodass sie bei Regen schimmerten wie Perlmutt.

Irgendwann, viele Jahre später, erhielt die Straße den Namen *Rutsch* – bis heute weiß keiner wirklich, warum. Bis auf Fiete natürlich und seine Meerjungfrau. Doch Fiete nahm sein Geheimnis mit ins Grab und auch die Meerjungfrau hat es nie jemandem verraten.

P.S.
Ganz nebenbei haben Fiete und seine Nixe übrigens auch das Kreek-Fahren erfunden, eine typisch Blankeneser Art, Schlitten zu fahren. Heute allerdings geht es nicht mehr die Rutsch hinunter, sondern die spiegelglatte Eisbahn am oberen Ende von Schinckels Park. Mit flachen Holzschlitten statt Zinkwanne sausen große und kleine Blankeneser Jungs und auch ein paar Mädels die Schlittenbahn hinunter. Den langen Fichtenstamm verwenden sie zum Steuern aber immer noch.

Herbert türmt

Es war einmal ein hölzerner Leuchtturm. Er hieß Herbert, hatte einen grünen Anstrich und stand vor Blankenese auf der Insel Schweinesand, mitten in der Elbe. Auf Schweinesand gibt es keine Schweine, aber viele Sandflöhe. Herbert passte auf, dass die großen Schiffe, die Richtung Nordsee fuhren oder in den Hamburger Hafen, nicht aus Versehen auf Schweinesand strandeten und dabei die Sandflöhe platt machten. Darin war Herbert ziemlich gut. Nur ein einziges Mal war ein Schiff in der Nacht auf Grund gelaufen und das war selbst schuld: Sein Kapitän hatte ewig nach seiner Pfeife gesucht, statt auf ihn und sein wild blinkendes Leuchtfeuer zu achten.

Doch Herbert hatte ein Problem. Er war klein. Sehr klein. Er war der kleinste Leuchtturm Hamburgs und wurde von den drei großen rotweiß geringelten, die ganz in seiner Nähe standen, immerzu gehänselt. »Das Baby«, nannte ihn der Riese vom Baurs Park, der auch noch auf einem Hügel thronte.

»Wie süß, ein Mini«, sagte sein hochmütiger Kollege vom Blankeneser Elbstrand, der sich viel auf seine rotweißen Streifen einbildete.

»Kannst du überhaupt leuchten?«, fragte spöttisch der Turm vom Wittenbergener Ufer, wo Hamburg schon fast zu Ende ist – dabei hatte man ihn selbst vor einer Weile abgeschaltet. Er stand nur noch zur Dekoration herum und sah mit seinem komischen

Metallgerüst von Weitem aus wie ein vor hundert Jahren am Strand vergessenes Blechspielzeug.

Der kleine Leuchtturm Herbert war sehr traurig darüber, dass die großen ihn nicht ernst nahmen und so gemeine Sachen sagten. Er strengte sich furchtbar an, um zu wachsen. Doch so sehr er sich auch dehnte und streckte, es klappte nicht. Eines Nachts hielt er es nicht mehr aus. »Na, du Türmchen«, hatte ein Seehund ihm zugerufen, der sich in die Elbe verirrt hatte und am Strand von Schweinesand eine Rast einlegte.

Herbert hätte sich am liebsten ein Loch im Sand gegraben und für immer bei den Flöhen versteckt. Doch er überlegte es sich anders. »Dann seht doch zu, wie ihr ohne mich klarkommt«, murmelte er in den Wind zu seinen langen Kollegen hinüber.

Im Morgengrauen eines nebelumwaberten Oktobertages türmte Herbert. Als keiner hinsah, machte er einen Satz auf einen großen Tanker, dessen Bugwellen ihm vor die Füße schwappten, und fuhr mit ihm die Elbe hinauf Richtung Quelle. Für die Nordsee war er schließlich vieeel zu klein.

Im Hamburger Hafen stieg er klammheimlich um auf ein flaches Küstenmotorschiff, das noch weiter die Elbe hochfuhr. Aber ganz weg aus Hamburg wollte Herbert doch nicht und so sprang er bei der letzten Gelegenheit ab. Das war am hinteren Ende einer anderen Insel, wo der Fluss sich in die Norderelbe und die Süderelbe teilt. Das Inselleben hatte ihm schließlich immer gefallen.

Die Insel hieß Wilhelmsburg und sah von oben aus wie eine Kaulquappe. Hier war alles eine Nummer kleiner – die Elbe, die Schiffe und sogar die Fische. Das Wichtigste aber war: Es standen keine anderen Leuchttürme in der Gegend herum, die sich über Herbert hätten lustig machen und mit ihren Streifen protzen können. An der Bunthäuser Spitze auf der Elbinsel Wilhelmsburg durfte man sogar grün sein statt rotweiß geringelt. Hauptsache, das Leuchtfeuer funktionierte.

Seit vielen Jahren passt der kleine grüne Leuchtturm Herbert nun dort auf, dass sich die Wassertropfen nicht verirren und die Schiffe auch nicht. Er will nie wieder weg, denn er bekommt oft Besuch: von Vögeln, die sich auf seinem weißen Geländer ausruhen, von Fröschen, die im Schilfgürtel Konzerte für ihn geben, und von Leuten, die den kleinsten Leuchtturm Hamburgs kennenlernen möchten. Für die ist er der Größte, weil er so besonders ist. Und ganz anders als die anderen.

Eines schönen Tages, es ist noch gar nicht lange her, da bekam Herbert oder der ›Leuchtturm Bunthäuser Spitze‹, wie er auf den Landkarten heißt, einen kleinen Bruder. Und der war wirklich klein. Ein knallroter Knubbel von einem Leuchtturm, der im Museumshafen Övelgönne zuhause ist. In manchen Nächten, wenn noch nicht mal der Mond hinschaut, treffen sich Herbert und der Knubbel an einem sehr geheimen Ort.

Der letzte Wassermann

In Hamburgs Gewässern lebte ein uralter Wassermann. Er trug einen algengrünen Walrossschnauz unter der Nase und Schwimmhäute zwischen Fingern und Zehen, und sein Haar glich einer Mütze aus saftigem Moos. Der alte Wassermann war der Letzte seiner Art, denn Wassermänner werden nicht mehr gebraucht. In früheren Zeiten hatte es Hunderte von ihnen gegeben, die die Wasserstände in der Stadt regelten. Heute erledigen große Schleusentore diese Arbeit. Auf Computer-Kommando lassen sie Wasser ab oder stauen es auf, damit Hamburg bei Starkregen nicht in graubraunen Fluten versinkt. Herrlichkeit 1 lautet die Adresse der modernen Schleusenwärter, mitten in der Stadt.

»Herrlichkeit – von wegen!«, dachte der alte Wassermann. Eine einzige Scheußlichkeit war diese Wasserleitstelle mit ihren vielen Computerbildschirmen. Ihre Herren hatten keine Ahnung davon, wie sich Wasser überhaupt anfühlte. Das sumpfige von den Ufern der Alsterzuflüsse, das brackige aus den Fleeten, das schlickige in der Elbe. Wunderbar fühlte es sich an, das Wasser, mal weich und modrig, mal ein bisschen salzig und, wenn genügend Sauerstoff drin war, herrlich erfrischend. Lieblingsort und Zuhause des alten Wassermanns war der Kuhmühlenteich auf der Uhlenhorst. Einfach nur grün mutete das Teichwasser an. Hechte lebten darin, Barsche, Karpfen und Bachforellen, die ihm in seinem einsamen Wassermanndasein Gesellschaft leisteten.

Es war nicht schön, als Letzter übrig geblieben zu sein. Manchmal, im Sommer, wenn er sich gar zu alleine fühlte, besuchte der alte Wassermann den Park Planten un Blomen, um im Schilf versteckt der Wasserorgel zu lauschen, die am See spielte. Und um die Klangbilder und die Farbtöne vorm Abendhimmel zu bewundern, während sie im Rhythmus der Musik über prasselnde Wasserfontänen irrlichterten. Er liebte die friedliche Atmosphäre der Wasserlichtkonzerte. Für jemanden mit Schwimmhäuten zwischen den Zehen war der Weg dorthin allerdings mühsam, denn einen Wasserweg gab es nicht. Die unterirdische Verbindung über die Abwassersiele, in denen alles Mögliche und Unmögliche schwamm, mochte der Wassermann nicht nehmen. So musste er jedes Mal sein gewohntes Element verlassen und ein Stück zu Fuß durch die Stadt gehen, möglichst ohne aufzufallen.

Die Wasserspiele in Planten un Blomen aber lohnten die Mühe und das Risiko. Ihre Schönheit lenkte ihn ab von seinen traurigen Gedanken: Niemand schien mehr zu wissen vom Leben der Wassermänner und dass es sie überhaupt gegeben hatte. Dass sie es waren, die sich seit jeher um die Gewässer Hamburgs gekümmert hatten. Und dass die Alster ein Geheimnis barg – einen Stöpsel, groß wie zwanzig Gullydeckel, den die Wassermänner jahrhundertelang frei gehalten hatten von Algen und Getier, damit er sich mühelos herausziehen ließ, wenn nötig.

Alleine schaffte Aquarius, der letzte Wassermann, diese Arbeit nicht, und sie schien auch nicht mehr gefragt zu sein. Der Stöpsel jedenfalls klemmte seit Ewigkeiten. Schlammverkrustet steckte er auf dem Grund der Alster fest, während, verfangen in seiner massiven Kette, ein Fahrrad ohne Lenker und Hinterreifen vor sich hin rottete. Seit einiger Zeit war es sogar bewohnt, denn in die schleimige Satteltasche war eine Familie von Taschenkrebsen eingezogen, die sich aus der salzigen Nordsee hierher verirrt hatte.

Das Fahrrad in der Stöpselkette war nicht das einzige in der Alster. Dutzende gab es und ständig kamen neue hinzu. Jeder zehnte Fisch schien mittlerweile sein eigenes zu besitzen, mancher sogar eine Waschmaschine. Kürzlich erst hatte Aquarius im Goldbekkanal wieder so ein ausrangiertes Teil entdeckt. In den Fleeten lagen Computertastaturen und kaputte Bildschirme herum wie früher kaputtes Geschirr. Ein komplettes Unterwasser-Schreibbüro hätte man einrichten können. Von den Handys gar nicht zu reden, die überall im Schlick steckten und nicht aufhörten zu quatschen, obwohl am anderen Ende nur noch die Fische auf ihren Fahrrädern zuhörten. Oft wünschte sich der Wassermann, er wäre taub.

Er war das alles leid. So sehr hatten sich seine heimischen Gewässer verändert, dass er seines hundertjährigen Lebens überdrüssig geworden war. Doch eines hatte er sich geschworen: Er würde diese Welt nicht verlassen, ohne dass die Menschen begriffen, dass es ihn und die Seinen gegeben hatte. Bevor er in die ewigen Fischgründe einginge, würde er ein Zeichen setzen. Ein Wasserzeichen, dass ihnen Hören und Sehen verging. Einen Plan hatte Aquarius seit Langem im Kopf. Weil er seine Kräfte schwinden fühlte, würde es Zeit, ihn in die Tat umzusetzen.

Nach dem letzten Wasserlichtkonzert der Saison war es soweit. Herrlichkeit 1 – die computergesteuerte Festung der Wassermänner von heute –, das war sein Ziel. Zuvor hatte Aquarius Tage und Wochen damit verbracht, den Alsterstöpsel gangbar zu machen. Hartnäckig hatte der Widerstand geleistet und sich nur mit Hilfe einer gesunkenen Schiffsschraube wieder in Bewegung setzen lassen. An einem regnerischen Abend im Oktober war das Werk endlich vollbracht. Der Stöpsel funktionierte wie in alten Zeiten und Teil 2 von Aquarius' Plan konnte seinen Verlauf nehmen.

Der alte Wassermann schaufelte sich Entengrütze in Hosen- und Jackentaschen, bis sie überliefen, sagte seinen Fischen im Kuhmühlenteich und den Satteltaschenkrebsen Lebewohl und ließ sich treiben. Schwerfällig stieg er bei der Herrlichkeit 1 aus dem Wasser und durch eines der geöffneten Riesenfenster ins Allerheiligste der Wasserwächter.

Es war Nacht. Ein einziger Mensch beobachtete konzentriert alle Bildschirme im Raum. Den Wassermann bemerkte er nicht – bis der Alarm losschrillte und die Monitore wie verrückt zu blinken anfingen. Aquarius hatte da den Leitstand längst wieder verlassen. Nur seine wässrigen Fußstapfen und kleine Häufchen aus Entengrütze auf dem Fliesenboden zeigten an, dass jemand dagewesen war. Die übrigen Wasserlinsen aus seinen Hosentaschen rannen als grüne Grütze über die Bildschirme, tropften zwischen die Knöpfe der Tastaturen und sickerten ins Herz der Computer, wo sie sämtliche Programme ins Bodenlose abstürzen ließen.

Draußen herrschte das pure Chaos. Schleusentore öffneten und schlossen sich in unsinnigem Rhythmus. Die Gewässer der Stadt tobten und gurgelten. Sie liefen über oder wohin sie nicht sollten. Eine riesige Fontäne schoss übers Dach des Atlantik-Hotels hinaus und einem Wasserfall gleich stürzten bräunlich grüne Fluten aus der Alster in die Innenstadt und überschwemmten bis zum Mittag nicht nur den Rathausmarkt, sondern auch all die schicken Geschäfte. Allerorten war man ratlos und rief nach Schwimmwesten, Schlauchbooten und Gummistiefeln.

Für den alten Wassermann war es ein Fest. Erst in letzter Minute, bevor die Wassermassen durch die Fenster des Rathauses schwappten, zog er der Alster den Stöpsel. Das Wasser begann abzulaufen, erst langsam, dann immer schneller. Aquarius spürte den starken Sog, als es sich in einem größer werdenden Wirbel um den Alsterabfluss zusammenzog. Erlösung! So gut hatte er sich lange nicht gefühlt. Der Strudel saugte und zog an ihm. Abwärts, abwärts, abwärts. Einmal noch blickte er auf seine Stadt. »Tschüss, mein Hamburg«, murmelte er, bevor er mit den letzten Tropfen Alsterwasser hinunter flutschte, mitten hinein ins Nirgendwo …«

KARIN BARON stammt aus Darmstadt, einer Stadt mit definitiv zu wenig Wasser. Irgendwann kam sie aber da an, wo sie sich heute am wohlsten fühlt: in Hamburg. Seit 2003 schreibt sie an der Elbe Kinder- und Jugendbücher und auch welche über ihre Lieblingsstadt. Und darin geht es manchmal ganz schön drunter und drüber.

Mehr von und über Karin Baron findet man hier: *karin-baron.de*

© Andreas Fromm

MONA HARRY wuchs in Ahrensburg auf und lebt jetzt in Kiel. Sie ist Reisepoetin und Slammerin. Ihr Text NORDEN hatte Hunderttausende YouTube-Klicks. Sie studiert Kunst und Philosophie, sie veröffentlicht Bücher, sie zeichnet und malt. Es geht also ganz schön drunter und drüber.

Mehr von und über Mona Harry findet man hier:
monaharry.de

© Henrich Robke

Die Orte zu den Ges

Rissen

Wedel

Bahrenf

Blankenese

20

21

Nienstedten

Othmarschen

1

Finkenwerder